L'Arpenteur

Collection créée
par Gérard Bourgadier

dirigée
par Ludovic Escande

Marie Causse

L'ODEUR DE LA VILLE MOUILLÉE

Nouvelles

GALLIMARD | L'ARPENTEUR

L'odeur de la terre après la pluie, on appelle ça le petrichor. Mais la ville mouillée, je crois que ça n'a pas de nom.

De dos et presque nue

Je la détestais avec son sourire pour tout le monde. En plus elle mentait : personne ne trouve ça « super » le poulet à 2,99 euros le kilo. À la limite, on trouve que ça tombe bien, mais personne ne trouve ça super.

J'habite un petit studio d'une vingtaine de mètres carrés : deux plaques au-dessus du frigo, l'évier à côté, et la place pour une petite table, deux tabourets et un clic-clac, que je n'ai pas replié depuis des mois. Au-dessus de la table, une fenêtre qui donne sur un mur et, sur ce mur, un panneau publicitaire avec une nouvelle affiche chaque semaine. On la change dans la nuit du jeudi au vendredi. Quand exactement, je ne sais pas, mais chaque vendredi matin j'ouvre les volets en me demandant sur quoi je vais tomber. Ce matin-là, j'étais vraiment très impatient, parce que ça faisait une semaine que cette fille me fixait d'un air niais, et je n'en pouvais plus de voir sa tête au réveil et en rentrant du travail. Bien sûr, je pourrais fermer les volets mais, en été, fermer les volets à huit heures du soir, ça ne me dit rien.

Jeudi dernier, je me suis endormi, comme chaque soir, le dos tourné à l'évier, le nez face au mur et les yeux rivés sur le rai de lumière qui clignote sur la paroi. C'est pratique d'habiter juste à côté d'une pharmacie ouverte jusqu'à minuit tous les soirs. Je n'y vais jamais, ou presque mais, s'il m'arrivait quelque chose, je pourrais y aller. L'agent immobilier avait bien insisté là-dessus, je m'en souviens. Chaque soir, je me dis que je devrais mettre des rideaux, mais en même temps ces petits éclairs verts, ce sont mes moutons à moi, j'en connais bien la régularité. Je sais quand la lumière fait le tour de la croix. Je la vois devenir plus intense, par à-coups, puis clignoter six fois, rester allumée deux secondes, clignoter à nouveau, six fois, s'éteindre, devenir plus intense…

Le lendemain matin, j'étais heureux de savoir que l'autre idiote aurait déménagé, mais j'appréhendais tout de même de devoir cohabiter avec une affiche encore plus laide, un sourire encore plus feint, un mensonge encore plus gros, et je n'aurais jamais cru tomber sur elle. Elle était là, de dos et presque nue. Pas de couleurs criardes, du noir, du blanc, du gris.

On ne voit que son buste, ses fesses, et la naissance de ses cuisses. On aperçoit un sein aussi, de trois quarts. On ne voit ni sa tête, ni ses bras, qui sont levés. Peut-être qu'elle s'étire, ou qu'elle s'attache les cheveux. Peut-être qu'elle enlève le pull qu'elle portait à même la peau. Sur ses reins, il y a juste assez de tissu pour cacher deux fossettes que j'imagine adorables. Je l'ai trouvée si belle que j'ai presque pas osé bander. De son côté, elle appliquait à la lettre la leçon numéro cinq, et elle feignait l'indifférence comme personne.

J'ai bu mon café et je suis parti au boulot.

La journée a été longue. Au moment où j'ai refermé la porte derrière moi, je savais déjà que je serais content de la retrouver en rentrant, mais je n'imaginais pas que j'allais passer la journée à penser à elle. Ça a commencé dans le métro, l'air de rien, quand cette fille s'est assise en face de moi. Elle était jolie, mais pas tant que ça, en fait. Elle avait un petit bouton sur l'aile droite de son nez, la chaleur peut-être. Elle portait un pull en coton bleu marine, très léger. Je me suis demandé de quelle couleur était son pull, à elle. J'ai repensé à ses fesses et j'ai baissé les yeux quand je me suis senti rougir. Au magasin, j'étais distrait, je n'arrivais pas à vendre de contrats. Ils ne sont ni meilleurs ni pires qu'ailleurs, les abonnements de téléphone sont un peu tous les mêmes. Parfois on a bien des promotions, des trucs qui valent le coup, et que les concurrents ont fait le mois dernier ou feront dans quelques semaines, mais pas en ce moment. Pas de nouveau téléphone, non plus, rien. En temps normal, ça ne m'arrête pas : je vends pas mal, je vends bien, même. Il ne faut pas croire au produit, c'est une connerie, ça, non, il faut savoir le vendre, et ça je sais faire d'habitude. Mais là, c'était comme si ça ne me concernait pas, je rêvassais, et ce n'est pas mon genre. La lumière des néons était moche, je n'avais jamais remarqué ça. Dans l'après-midi, j'ai réussi à faire un contrat : un forfait pas terrible, le minimum, et bloqué en plus. Mais c'était toujours mieux que rien. J'ai fait remplir la fiche. La fille s'appelait Sophie. J'ai trouvé ça commun, Sophie. Soph'. J'aime pas les prénoms qu'on abrège. Moi, par exemple, je m'appelle Thomas. Deux syllabes : Tho-mas. Eh bien parfois, on m'appelle Tom. Pas mes parents, non, ils ont choisi un prénom, ils le prononcent en entier. Mon chef m'appelle Thomas. Éric, un collègue, m'appelle Tom, et ça m'exaspère. Il ne s'en doute pas, bien sûr, mais je n'ai pas souvenir de lui avoir dit un jour : « Tu peux m'appeler Tom. » Ça lui a pris comme ça, parce qu'on avait déjeuné ensemble, parce qu'on avait avalé côte à côte nos sandwiches dans la salle de repos, au milieu des cartons. Sophie était comme son prénom, commune. Soph'. Alors qu'avec une cambrure pareille, elle, elle devait avoir un prénom incroyable, Constance ou Clémence... Ou mieux : Claire. Oui, Claire, très certainement. J'ai relu le contrat, vérifié que toutes les cases étaient correctement remplies, remercié la cliente, fait un sourire. Le temps s'est traîné jusqu'à la fermeture, pas un contrat de plus. Mon chef me l'a fait remarquer.

J'ai pris un air contrit, mais au fond j'étais heureux, heureux de rentrer chez moi, ça n'arrive pas si souvent, et de retrouver Claire.

Elle n'était pas là à m'attendre, mais elle était là, et c'était l'essentiel. Je n'ai pas dit : « C'est moi ! » en ouvrant la porte, ça l'aurait agacée, je pense. Je me suis assis en face d'elle, je l'ai regardée en silence. Si je fumais, j'aurais allumé une cigarette. J'aime bien les cigarettes, je trouve ça très beau, les volutes, surtout quand ça sort de la bouche d'une femme qui sait fumer, en aspirant très légèrement, l'air de rien, chaque bouffée comme un petit baiser. Mais la fumée me fait tousser, et je ne supporte pas l'odeur du tabac. Claire, elle, se serait assise sur le canapé, elle aurait allumé une cigarette pour que je ne vienne pas l'embrasser. Pas par méchanceté, juste pour me garder à distance, un peu, que je l'écoute parler, pour repousser le moment où je me jetterais sur elle. Je voudrais la prendre en photo, elle refuserait, pas parce qu'elle ne se trouve pas jolie, mais parce qu'elle trouve qu'on en fait trop, des photos, que ça ne vaut plus rien. Elle n'a pas tort. Moi aussi, j'aimais bien attendre le développement, me rappeler ce moment-là en découvrant la photo. Maintenant, on n'a pas encore eu le temps de se construire un souvenir quand on regarde le résultat. Alors j'obéirais, je reposerais mon téléphone, je la regarderais fumer sa cigarette en l'écoutant parler.

Je ne suis pas sorti depuis vendredi dernier, j'avais des pâtes, j'ai fait livrer le reste, une fois les pâtes finies. J'ai appelé au travail, j'ai dit que je ne viendrais pas, que je n'étais pas bien. Le chef n'était pas très content, mais je ne voyais pas comment faire autrement. Ce soir, j'ai fait livrer du champagne, Claire ne boit pas, mais j'ai mis deux verres. Je me suis senti bête en mettant des bougies, j'avais peur que ce soit ridicule, mais c'est une soirée un peu spéciale. J'ai commandé des sushis, c'était facile à faire livrer et puis c'était mieux qu'une pizza. Mais je crois que nous n'y toucherons pas tellement. Il fait un temps qu'elle aime : un bel orage d'été a éclaté tout à l'heure, l'air s'est rafraîchi. À présent l'orage s'est calmé, mais la pluie tombe encore, une de ces belles pluies qui claquent fort sur les toits et par terre. J'ai presque fini la bouteille de champagne, il y en a encore une autre au frais. Une des bougies vient de s'éteindre, le parfum de la cire et de la mèche qui meurt devient plus fort quelques instants. J'allume une autre bougie, je devrais en avoir assez pour tenir jusqu'à demain.

Elle va partir, on me l'enlèvera, cette nuit. Je ne sais même pas vraiment comment ça va se passer. Je suppose qu'on l'arrachera, ou peut-être qu'on la recouvrira, mais elle disparaîtra, c'est sûr. Et quand elle ne sera plus là, je ne garderai même pas son odeur sur mes doigts.

Le débit de l'eau

Ce coup de tonnerre a bien failli avoir raison de son vieux cœur, mais non, ce n'est pas encore pour cette fois. Elle a sursauté, croyant sentir une légère douleur dans la poitrine, et a porté la main à son sein gauche. Puis elle a soufflé en fermant les yeux avant de reprendre le cours de son programme : c'est l'heure des recettes de cuisine, qu'elle n'a plus le courage de faire, mais qu'elle note pour la gentille voisine qui vient lui apporter ses courses et son loto.

Et pourtant il serait bien plus que temps de partir ; à croire qu'on ne veut pas d'elle là-haut, ni ailleurs. Rien ne dit qu'elle ira « là-haut », elle-même n'en est pas très sûre. Elle se lève pour aller ouvrir la fenêtre malgré l'orage, et tant pis pour l'eau qui entrera dans la maison et mouillera le carrelage, ça lui fera du bien de laisser entrer l'air frais. La fenêtre est de plus en plus dure à ouvrir, parce que le bois a gonflé, et parce que chaque mouvement lui coûte un peu plus qu'avant. Depuis quatre ans, tout est plus difficile : ses douleurs la réveillent chaque matin et l'empêchent de dormir le soir. Elle se rattrape comme elle peut après le journal de midi : pendant la digestion elle s'assoupit quelques minutes, une vingtaine probablement, puisqu'elle se réveille quand elle entend la pub. Elle ne voit jamais que le début du feuilleton américain proposé à cette heure-là, mais elle arrive tout de même à le suivre, ça doit être fait exprès, c'est sans doute pour ça qu'il y a toujours un résumé de l'épisode précédent au début, pour qu'on puisse savoir ce qui s'est passé quand on dormait et suivre sans être perdu.

Elle a ouvert la fenêtre, le tonnerre gronde encore mais elle ne sursaute pas, cette fois. Elle ne sent plus très bien l'odeur des choses, elle est déçue de ne pas percevoir aussi clairement qu'elle le voudrait le parfum de la pluie. Elle n'a pas toujours aimé ça, elle avait même très peur des orages quand elle était petite. Elle se cachait sous la table, ou remontait les draps bien haut sur son visage quand le tonnerre la surprenait dans son lit.

C'était Armand qui lui avait fait aimer les orages, le jour où ils s'étaient abrités dans la grange, avec des intentions qu'ils n'avaient pas eu à s'avouer. C'était l'été, ils étaient partis se promener.

La vie était dure pendant la guerre, certes, mais pas au point de ne plus vivre du tout. Ils se connaissaient depuis un an, et Léonie le trouvait tout à fait à son goût.

Aux murs, il y a de nombreuses photos d'Armand, seul ou avec elle, et, à son annulaire gauche, sa bague de fiançailles sur son alliance. Celle d'Armand, elle la porte au bout d'une chaîne autour de son cou contre sa peau, là où personne ne la voit. De temps en temps, elle passe les doigts dessus et chaque fois ses yeux deviennent humides. Ça fait maintenant six ans qu'il est parti. On dit que dans certains couples, les amoureux ne se survivent pas longtemps, quand ils s'aiment vraiment très fort ou que l'habitude les a si bien soudés l'un à l'autre qu'ils ne sauraient pas comment faire autrement. Autour d'elle, le jour des funérailles d'Armand, on murmurait qu'elle ne mettrait pas longtemps à aller le rejoindre, que dans ce genre de couple… et pourtant six ans plus tard elle attend encore, et elle commence à trouver le temps long.

Il était arrivé au printemps 1943, pour travailler à la ferme voisine. Il avait perdu ses parents, et il s'était tant rembruni quand elle l'avait questionné à ce sujet que plus jamais elle n'osa lui en parler. Elle aidait les siens à la crèmerie familiale où, malgré la guerre, les affaires n'étaient pas si mauvaises. On était rationné, mais on arrivait tout de même à faire tourner le commerce, on s'arrangeait, on mettait parfois un peu d'eau dans le lait quand on en manquait, on troquait un pot de crème contre du pain ou un morceau de viande. Ses parents, comme beaucoup, n'avaient pas vraiment d'avis sur ce qui arrivait, ils se contentaient d'attendre et d'espérer pour bientôt la fin de la guerre.

Après les recettes de cuisine il y a le journal, qu'elle laisse en fond, elle n'a pas besoin des images. Elle monte le volume et va se préparer à manger. Son repas est vite fait : un œuf au plat ou à la coque avec des mouillettes, ou une assiette de pâtes et une tranche de jambon. On perd l'appétit en vieillissant. Quand elle a mangé, elle retourne devant la télévision pour la fin du journal. Ensuite, elle dort quelques minutes et se réveille quand commence cette émission où des gens viennent raconter leur vie, parfois à visage découvert, ou grossièrement cachés sous une perruque et des lunettes de soleil, comme si ça servait vraiment à quelque chose.

Elle est étonnée de voir ce que les gens osent dire à la télévision, et n'en rate pas une miette. Il lui arrive d'être vraiment émue et, quand une histoire la touche, elle écrit à l'émission, en demandant de faire suivre ses lettres. Elle a gardé la même écriture élégante depuis la communale. Parfois, on lui répond. Il y a beaucoup d'histoires de famille, elle se demande ce qu'auraient pensé ses parents si elle était allée raconter en public leurs petits différends, quand ils en avaient.

Elle était leur unique enfant, ils faisaient de leur mieux pour qu'elle ne manque de rien et, de fait, elle n'a jamais eu faim. Elle était un assez bon parti, et plutôt jolie avec ça, aussi virent-ils d'un mauvais œil arriver ce garçon qui n'avait pas de famille et rien d'autre que ses bras et la force de ses vingt ans pour assurer ses revenus que l'on savait bien maigres. Il venait souvent apporter le lait de la ferme et en profitait toujours pour glisser quelques mots doux à Léonie, un compliment bien tourné, quelques vers d'un poème qui sûrement n'était pas de lui. Il poussait l'effronterie jusqu'à siffloter ce même air qui la faisait rire, et qui était en vogue, à l'époque. Il le lui avait chanté la première fois qu'il était venu au magasin, et si d'autres l'avaient fait avant lui, elle n'avait encore jamais trouvé ça charmant. *Ah, qu'il est beau, le débit de lait ! Ah qu'il est laid le débit de l'eau !* Ils se vouvoyaient encore à l'époque, le « tu » viendrait plus tard.

Dans l'après-midi, elle prend des cachets contre ses douleurs qui reviennent la tourmenter. Elle se dit souvent qu'elle aurait préféré perdre la tête mais ne pas avoir mal partout, puis elle se souvient qu'on ne choisit pas. Elle fait sa gymnastique de la tête comme disait Armand, en suivant les jeux de l'après-midi. En été, la grille change légèrement, mais il y a toujours quelque chose à suivre.

Armand était très bon en calcul, pourtant il n'avait pas fait de grandes études. Elle est plus portée sur les jeux de lettres ou de culture générale.

Depuis ce premier jour où il était venu porter le lait, il trouvait toujours l'occasion de passer la saluer. Même quand il n'avait rien de précis à faire, et pas le temps de s'arrêter, il la saluait. Il ne s'estimait heureux que quand il l'avait fait sourire. Il s'enhardissait de plus en plus, et lui prit un baiser un soir, en cachette, la trouvant seule au magasin pour la fermeture tandis que ses parents, dans l'arrière-boutique, faisaient leurs comptes. Elle avait fait semblant de ne pas vouloir, mais assez peu pour qu'il comprenne que ce n'était que des manières de jeune fille bien élevée. Il était reparti en sifflotant comme à son habitude et, dès le lendemain, il la tutoyait quand il la trouvait seule. On finit par lui accorder d'emmener Léonie se promener, un dimanche après-midi. À la sortie de la messe, où il savait devoir se montrer, il avait salué Léonie et ses parents, à qui il avait demandé la permission de venir chercher leur fille après le déjeuner, puisque le temps était beau, et le magasin fermé. Léonie n'avait rien dit, elle n'avait rien à dire, et étonnamment son père avait accepté, à condition que la promenade soit brève. Quand il s'était présenté à l'heure convenue, le père de Léonie avait tendu sa montre au jeune homme, qui n'en possédait pas, en précisant que dans une heure au plus tard il comptait revoir sa fille.

Le temps était lourd, mais on ignorait qu'il tournerait si vite à l'orage.

Elle ne regrette pas d'avoir ouvert la fenêtre, l'air frais lui a fait du bien, on étouffe moins, à présent, mais il faudra qu'elle essuie le sol mouillé, si elle ne veut pas tomber. Ça fait longtemps qu'elle n'a pas touché d'eau de pluie, puisqu'elle n'est presque pas sortie de chez elle depuis la mort d'Armand. Elle pense à lui à chaque orage.

De grosses gouttes s'étaient mises à tomber quand ils étaient sur le chemin du retour. Elle voulut s'abriter sous un arbre, mais il lui dit que c'était dangereux, et proposa de courir jusqu'à la grange que l'on voyait plus loin et où ils pourraient attendre la fin de la pluie.

Une fois au sec, il s'était mis à siffloter, puis lui avait dit en plaisantant que le débit de l'eau était en effet bien laid, et qu'il craignait qu'il ne l'oblige à la rendre à ses parents avec un peu de retard. Il avait caressé doucement sa joue mouillée avant de frictionner ses épaules, car elle grelottait. Il l'avait serrée contre lui très tendrement quand il avait compris que le tonnerre l'effrayait, ils s'étaient embrassés mais il avait résisté à l'envie de profiter de la situation et de la coucher sur la paille accueillante. L'orage ne se calmait pas, alors, toujours en sifflotant, il avait cherché une planche qui leur servirait de parapluie pour finir de rentrer, et il l'avait raccompagnée chez elle. Il s'était confondu en excuses, bien qu'il n'eût que dix minutes de retard sur l'heure prévue. On les accepta sans façon, et la mère de Léonie le trouva bien attentionné d'avoir bricolé cet abri portatif. On lui offrit un verre de remontant avant de lui faire comprendre qu'il était l'heure qu'il regagne la ferme.

Ils continuèrent de se fréquenter, et se tutoyaient à présent en public.

Le vendredi, elle fait sa lessive. Sa buanderie n'est pas très grande, mais bien équipée, et tout à fait suffisante pour elle. Dès qu'ils se sont installés, ils se sont équipés de tous les appareils modernes, Léonie a toujours détesté les tâches ménagères, et Armand n'aurait pas voulu qu'elle abîme ses mains délicates, qui étaient faites pour les caresses, et pas pour laver des casseroles.

Parfois, la nuit, Léonie sortait en cachette, en faisant attention à ne pas faire craquer le plancher. Armand l'attendait au coin de la rue, ils discutaient et s'embrassaient avant que Léonie ne rentre chez elle. Un soir, elle accepta de le suivre jusqu'à la grange de leur premier rendez-vous. Là, ils furent moins sages que la première fois, et Léonie, à peine rentrée dut nettoyer avec du savon et un peu d'eau le sang qui avait taché ses sous-vêtements. Elle avait eu un peu mal, même s'il avait été doux. Elle savait que ce saignement était normal, mais ce n'est qu'en frottant le linge pour faire disparaître la tache qu'elle prit vraiment conscience de ce qui venait d'arriver. Elle aurait préféré que cette histoire de sang soit une légende, et elle était bien heureuse de savoir que ça n'arriverait plus.

Armand ne tarda pas à demander la main de Léonie à son père. Il fréquentait la maison depuis plusieurs mois, et aidait même parfois au magasin. On ne refusa pas franchement, mais on préféra ne pas fixer d'autre date que la fin de la guerre, dont tout le monde ignorait qu'elle était imminente. On but tout de même un verre à la santé des futurs époux, à la table de la cuisine.

Il faudra qu'elle demande à la voisine de lui reprendre de la lessive, elle l'a presque finie. Ce soir, elle va peut-être lui apporter ses courses, et le loto pour demain. Armand trouvait ça un peu bête, comme l'horoscope, mais puisque ça amusait Léonie il ne disait rien, et jouait même avec elle à imaginer ce qu'ils auraient fait de l'argent, si un jour ils remportaient la cagnotte. La voisine aussi se prête à ce jeu assez facilement. Comme elle ne joue pas, ça ne sert à rien mais, si elle gagnait, elle paierait les dernières traites de son appartement, puis partagerait ce qu'il resterait entre ses deux enfants. Quand ils lui rendent visite, Léonie la voit un peu moins, pendant quelques jours, mais elle passe en coup de vent, pour s'assurer que tout va bien. Si elle vient la voir ce soir, elle lui proposera de boire un petit apéritif, si elle a le temps, une fois n'est pas coutume. Armand aimait bien prendre l'apéritif, il reste encore des bouteilles qu'il n'a pas finies.

Elle sortait de plus en plus souvent, la nuit, pour le retrouver au coin de la rue avant de filer à la grange.

À force de n'être pas sage, arriva le moment où elle n'eut plus à nettoyer de sang dans ses linges. Elle n'était pas sûre, au début, mais bien vite les nausées ne lui laissèrent plus aucun doute.

Quand elle fut certaine d'être enceinte, elle voulut en parler à Armand, mais elle n'eut pas le temps de le faire : il lui annonça qu'il devait partir, se cacher quelque temps. Elle ne demanda aucun détail, elle n'était pas idiote et on savait que les gens de la ferme d'à côté avaient certaines idées, qui les avaient poussés à accueillir ce garçon sorti de nulle part.

Il disparut le soir même, après avoir promis qu'il reviendrait pour l'épouser, quand la guerre serait terminée.

Léonie cachait du mieux qu'elle pouvait sa poitrine de plus en plus ronde et son petit ventre, mais elle savait qu'elle ne tromperait pas son monde bien longtemps. Alors elle prit les choses en main, et alla voir cette femme qui savait s'occuper de ces affaires-là.

Elle a failli oublier son émission de radio qui va bientôt commencer, *Sur un air d'autrefois.* Tous les vendredis, elle éteint la télé après les jeux pour réentendre les chansons de sa jeunesse. Le poste est sur la commode, entre la photo de leur mariage et les médailles d'Armand. Il y a aussi quelques photos de leur voyage de noces, et une photo de ses parents devant la crémerie. Il n'y a pas de photos d'enfants, le bon Dieu l'a bien punie de n'avoir pas voulu de ce cadeau quand il le lui a fait.

Elle avait demandé pardon à Dieu, chaque dimanche et à genoux, en priant pour le retour d'Armand et avait été exaucée. Quand il est rentré, à la Libération, pour honorer sa promesse et épouser Léonie, elle allait mieux et on n'évoqua pas les visites du médecin, le sang et l'infection. Ce sont des affaires de femme de toute façon, et sa mère lui avait conseillé de n'en rien dire jamais, à personne et surtout pas à Armand. Les enfants viendraient plus tard, en leur temps, et bienheureux encore que rien ne se soit su. Mais malgré ses prières, elle n'obtint rien de plus. Les enfants ne vinrent jamais et Armand s'en accommoda, d'autant plus qu'on n'y pouvait rien. Elle avait failli lui dire, plusieurs fois, et n'avait pas trouvé le courage. Elle y avait pensé en le voyant sur son lit de mort, parce qu'elle avait très peur de ne pas le rejoindre où il irait, mais elle s'était dit que cet aveu ne changerait rien, et elle s'était tue.

Elle ne fait rien quand elle écoute *Sur un air d'autrefois*, elle s'assoit face à la fenêtre et laisse son esprit divaguer. Mais aujourd'hui, c'est différent : assise à la table de la cuisine, elle glisse dans une enveloppe un petit papier sur lequel sont inscrits les six numéros qui lui ont fait croire déjà une fois cette semaine que son heure était venue. L'une après l'autre elle avait vu les petites boules colorées apparaître et annoncer le résultat. Elle avait été moins émue qu'elle n'aurait imaginé, peut-être parce que tout ce qu'elle avait souhaité, à ce moment-là aussi, avait été que l'émotion l'emporte pour de bon. Mais son cœur était solide, il avait battu plus fort dans sa poitrine trois ou quatre coups, sans s'emballer vraiment et puis tout était revenu à la normale. Elle avait un peu réfléchi, mais pas trop longtemps : elle ne savait plus jouer à imaginer ce qu'elle allait faire de tout cet argent ; sa voisine, elle, avait les idées claires. Le ticket gagnant serait pour elle, et pour ses enfants et, qui sait, avec un peu de chance peut-être viendraient-ils fêter ça avec elle.

Le tonnerre gronde encore, la tirant de sa rêverie. Il commence à faire un peu trop frais, il faut fermer la fenêtre et les volets qui claquent à cause du vent. Elle prend appui sur la table pour se relever, avec cette humidité c'est encore plus douloureux que d'habitude. Elle s'approche de la fenêtre. Il faudra forcer certainement, l'idée déjà lui est pénible. La pluie a été violente et l'eau a coulé plus loin qu'elle n'aurait cru. Comme elle avance, elle met un pied dans une minuscule flaque, glisse et tente de se rattraper à la commode.

En vain. Sa tête heurte le sol, avec un bruit plus glaçant que celui du tonnerre. L'eau continue à entrer par la fenêtre et tombe sur ses jambes, mais maintenant elle ne la sent plus.

Tes jambes comme des couteaux

Il me prend par la main, m'entraîne à l'intérieur. De toute façon, quelques gouttes ont commencé à tomber. Je jette la cigarette que je viens d'allumer, il ne m'attendra pas. C'est moi qui l'ai invité. Normalement, au tango, ça ne se fait pas. Ce qui donne à cette invitation un petit goût d'interdit.

Il est sud-américain mais pas argentin. Venezuela ? Paraguay ? Ah, je ne sais plus, je m'en veux un peu... Mais je me suis souvenue de son prénom, et ça l'a étonné. Flatté aussi, c'est certain. Et un peu gêné, parce qu'il ne se souvenait pas du mien.

À peine sur la piste, il m'enlace, je ferme les yeux. C'est fou ce qu'on comprend d'un homme à sa façon de vous tenir dans ses bras. Il me colle contre lui, mon front contre le sien. Mon bras gauche entoure son cou, mon cœur sous mon sein est plaqué contre sa poitrine, ma main repose dans la sienne. Il y a des hommes que je ne laisse pas m'embrasser de cette façon. On oublie souvent que ça veut dire ça, embrasser : tenir dans ses bras. Son étreinte a quelque chose d'impérieux. Je me laisse faire, ça ne me déplaît pas. Il m'arrive parfois de refuser une étreinte si serrée, mais pas cette fois-ci. Nous sommes presque prêts. Je l'écoute avec mon buste et mes jambes lui répondent. De l'extérieur, on pourrait nous croire immobiles, mais la danse a déjà commencé. Il cherche mon équilibre, je balance le poids de mon corps sur mon pied droit, puis sur le gauche. Je suis heureuse de constater qu'il a le sens de la musique. Comme il la suit, je m'abandonne.

Il fait le premier pas, je me sens sourire, et nous partons.

Nous marchons, d'abord, pour apprendre à nous connaître. À chacun de ses pas, je réponds, j'obéis. Nous nous comprenons, alors il commence à me demander un peu plus qu'une simple marche. Mon cœur reste collé à sa poitrine, tandis que mes jambes entament un dialogue avec les siennes. Il me demande un pas, et je laisse mon pied caresser le sol, revenir vers lui et l'effleurer. Je sens sa main presser mon dos un peu plus fort. Je suis bien. Je l'entends respirer, son souffle court sur ma gorge.

Parfois j'ouvre les yeux, j'aime voir nos jambes qui se croisent, et se racontent Dieu sait quoi. J'aime voir ma jambe remonter le long de la sienne, ou jouer dans l'air avec les notes. On appelle ça des fioritures. Ça ne pourrait pas s'appeler autrement. J'aime faire des fioritures, et j'aime les hommes qui me laissent en faire. Quand j'ai envie d'en faire. C'est l'homme qui guide, mais la femme interprète le pas. Il y a mille façons de faire passer son pied par-dessus celui de son cavalier. On peut éviter le contact, on peut le toucher furtivement, on peut l'effleurer, le caresser, et poursuivre cette caresse le long de la jambe. Et c'est chaque fois un cadeau.

J'aime quand il me fait m'enrouler autour de lui. Il s'écarte légèrement, puis me rappelle vers son corps, ma jambe vient toucher la sienne après avoir décrit un cercle sur le sol, se plie, et repart loin, très loin derrière moi, pour revenir vers lui aussi vite. Je sens une urgence dans nos corps impatients et dans cette musique, lancinante mais aussi presque martiale par moments.

Ses bras s'ouvrent, il agrandit le cercle dans lequel nous dansons, je suis face à lui l'espace d'un instant, je ne sais pas ce que ses yeux veulent me dire, mais je ne veux pas que le jeu s'arrête, je détourne les miens et lui parle avec mon corps. J'ignore ce qu'il comprend, et peut-être même ce que j'ai voulu lui dire, mais il referme le cercle et me serre un peu plus fort contre lui. Il a de longs cheveux noirs, une mèche vient me chatouiller le nez. Je sens son parfum, son odeur à lui, mêlée à une essence achetée quelque part, et au relent ancien d'une cigarette. C'est agréable.

Lentement, je glisse et je divague. Je pense à l'autre, cet autre qui n'en finit pas de trotter dans ma tête. Avec ses yeux qui rient derrière ses lunettes, avec son regard d'enfant et son désir d'homme que je ne peux pas faire semblant d'ignorer. Cet autre qui n'est pas pour moi, et qui ne sait pas danser. Qui n'a pas de longs cheveux noirs et un accent exotique. Qui n'a pas cette assurance des hommes qui savent qu'ils plaisent. Qui est touchant avec son désir qui l'encombre. Je pense à lui et je resserre mon étreinte, mes jambes commencent à en dire plus que je ne voudrais et je ne m'en rends pas compte. J'entends ce souffle par-dessus la musique. Ça faisait longtemps, je crois, que je n'avais pas mis autant de désir dans une danse. Nous tournons, nous tournons, je m'étourdis un peu et me laisse griser par la musique et cette main dans mon dos. Je suis en nage, mon souffle aussi s'accélère. Et j'exagère, j'en fais trop. Mes pieds lui disent des choses parfaitement indécentes. Je minaude avec mes jambes, comme si tout ça était innocent, jusqu'à ce que la musique s'arrête et que nos corps se séparent.

Plus tard, il m'a dit : « J'ai beaucoup aimé danser avec toi. Tu es différente quand tu danses, et tu es sensuelle, avec tes jambes comme des couteaux. » Je n'ai pas osé lui dire que je dansais avec un autre.

Mikado

« Et toi, qu'est-ce que tu regardes en premier chez une fille ?

— Ses mains. »

Les siennes sont très belles, fines et longues, des ongles nus mais très soignés. Elle les retire délicatement de sous ses doigts à lui, comme s'il n'allait pas s'en apercevoir, puis joue avec la paille dans son verre, touille les glaçons, la menthe, et aspire un fond d'eau qui a encore un léger goût d'alcool dilué.

« Tu es déjà allé en Amérique du Sud ? »

Elle n'écoute pas vraiment sa réponse, ça ne se voit pas, mais elle est gênée : elle vient de saisir quelle association d'idées l'a amenée à poser cette question. Elle a l'estomac fragile, et attrape tout ce qui passe, comme dit sa mère, alors elle avait bien fait attention, pendant son voyage, elle lavait même ses fruits à l'eau minérale, mais elle avait été malade trois fois, avant de se rendre compte que ça venait des glaçons dans ces cocktails qu'elle avait pris en ville avec un type du coin. Elle n'allait pas lui raconter ça, elle n'allait pas lui parler de sa tourista à leur premier rendez-vous, et peut-être jamais, du reste. Et pourtant c'était elle aussi, elle digérait comme tout le monde et d'ailleurs elle avait très envie d'aller aux toilettes. Ça pouvait attendre encore un peu, mais pas trop, parce que les toilettes des filles, elle connaissait, elle allait encore devoir poireauter au moins dix bonnes minutes devant la porte, à regarder ses pieds et échanger parfois quelques mots sans intérêt avec les autres, qui attendaient comme elle ; ou, en sortant, tendre son paquet de kleenex à la suivante, « Y a plus de papier… » et toujours une pour répondre : « Solidarité féminine » en ricanant avant de fermer la porte derrière elle.

« Enfin voilà, quoi : assez pour en profiter, mais je peux pas dire que je connaisse vraiment le pays.

— Moi non plus, en trois semaines tu fais juste le touriste, mais j'aimerais y retourner plus longtemps. Hum, je crois que je dis ça de tous les pays où je mets les pieds. Je suis restée trois ans en Allemagne… »

Pourtant, à la regarder, on dirait une Espagnole. Elle lui avait répondu en riant que non, elle était berrichonne, quand il le lui avait demandé. C'était assurément moins exotique, mais tant pis. Il aurait aimé pouvoir lui parler de ses origines anglaises, si seulement elle avait dit : « Et toi ? Tu as des origines étrangères ? » Il faudra qu'il trouve le moyen de lui faire poser cette question, car il aime beaucoup raconter l'histoire de ce jeune lord anglais tombé amoureux d'une danseuse parisienne et que sa famille avait déshérité pour ça. Il aurait voulu connaître ce grand-père dont la vie devenait plus romanesque à mesure que mouraient ceux qui l'avaient connu, ils en auraient eues, des choses à se dire. Voilà un homme qui aurait su lui apprendre à reconnaître une femme qui vous fera passer le goût de toutes les autres. Il lui en parlera un jour. Mais il faudra qu'elle ait envie de savoir. Il ne parle jamais directement de lui, c'est une chose affreusement vulgaire.

Elle a une masse de cheveux bouclés d'un brun profond, la peau cuivrée — « Oui, mais je rentre de vacances, je ne suis pas bronzée comme ça toute l'année » —, des yeux marron, simplement marron, du marron le plus banal qu'on ait jamais vu. Et la bouche toujours entrouverte, ce qui laisse voir deux jolies petites dents, si petites et si blanches que ce ne sont probablement que des quenottes. Elle sourit en coin, vers la droite, tout le contraire de lui, dont le rictus part à gauche mais ça, aucun des deux ne s'en est encore aperçu. Il voudrait trouver mieux que : « Je ne suis jamais allé en Allemagne » pour rebondir sur ce qu'elle a dit, il cherche, commence une phrase, mais heureusement une grosse goutte vient de tomber sur son épaule, elle a sursauté.

« Attends, viens, prends ma place, on va tirer un peu la table. »

Elle trouve ça élégant. Il ne manque pas d'élégance, d'ailleurs, il se dégage de lui une sorte de folie aristocratique. Il vient d'une très bonne famille, ce Julien, ça se voit tout de suite. Elle se sent un peu bête avec ses origines paysannes et ses horaires de bureau, sa collègue qui a été assez gentille pour déplacer ses vacances au dernier moment. Elle n'aurait jamais dû lui dire ça, c'était idiot et trivial, il attendait certainement autre chose. Lui, il travaille dans le cinéma, elle n'a pas bien compris ce qu'il faisait exactement, mais elle sait qu'il peut passer des heures devant un écran, à se faire raconter des histoires. Elle regrette d'avoir encore parlé à tort et à travers de peur de laisser s'installer un silence gênant.

Il se lève et tire la table, ils se retrouvent un peu serrés, face à la rue mais à l'abri. L'eau tombe si fort qu'elle éclabousse un peu ses jambes nues. Elle passe machinalement la main sur son tibia et la retire aussitôt car elle sent un petit poil sous son doigt, et elle préfère ne pas y penser.

« J'aime bien regarder passer les gens.

— Moi aussi.

— Surtout sous la pluie.

— Oui ! On doit être un peu méchants. »

Il reprend la main qu'elle avait retirée de la sienne tout à l'heure et se met à parler des passants qu'il voit sur le trottoir. La plupart se pressent, certains courent carrément. Il y a un grand type maigre qui marche normalement, les mains dans les poches, des écouteurs dans les oreilles. Il aime bien être là avec elle, sous cet orage d'été, dans cet espace exigu entre le mur et le rideau de pluie. La scène est vraiment très belle. Ils en reparleront peut-être un jour, dans deux ans, en vacances au bord de la mer, ou avec des amis : *Le soir de notre premier rendez-vous il pleuvait, t'as pas idée. Un vrai déluge.* Ou quand ils seront vieux peut-être qu'ils n'auront qu'à se regarder dès qu'ils entendront gronder le tonnerre pour savoir qu'ils pensent tous les deux à ce soir-là. Comme dans un film. C'est idiot de penser à ça, mais il ne peut pas s'en empêcher, pas une histoire qui n'ait commencé par ces idées-là, sinon à quoi bon. C'est inutile de penser à ce qui va se passer vraiment, à ces jolies choses qu'on va enlever l'une après l'autre, sans faire bouger le reste, comme au mikado. Il l'attendra avec un peu moins d'impatience, d'abord. Puis quand son téléphone indiquera un message, il ne se jettera plus dessus pour voir si c'est elle et d'ailleurs il ne répondra pas tout de suite. Ils cesseront de se prendre la main au cinéma, peut-être même qu'ils se reprocheront chacun leur tour le choix du film. Ils ne passeront plus la nuit à courir d'un bar à un autre jusqu'à ce que tous ferment et qu'un autre ouvre son rideau pour leur servir un café, avec un croissant s'ils ont de la chance. Il ne cherchera plus son odeur sur son oreiller quand elle ne dormira pas dans son lit. L'une après l'autre parties, les jolies choses, sans qu'on s'en aperçoive, avec autant de minutie qu'il en faut pour retirer un bâton du tas ; car il ne faut pas que les autres bougent, sans quoi on passe son tour, et c'est à l'autre, alors, de se saisir doucement d'un petit bâton. Et puis tout recommence.

Et quand ils auront bien tout enlevé, il rencontrera une autre fille. Il y aura chez elle quelque chose de très joli, de plus joli que chez n'importe quelle autre fille : sa bouche, peut-être ? Oui, sa bouche, qui sera vraiment adorable, assez en tout cas pour qu'elle sache très bien elle-même que cette bouche est irrésistible. Et alors, il lui demandera ce qu'elle regarde en premier chez un garçon. Elle dira peut-être ses mains, ou encore ses yeux, ou ses fesses, après tout, qui sait ? Et puis surtout elle lui retournera la question. Parce que ça marche comme ça : il pose une question et la fille répond : « Et toi ? » Il répondra probablement « sa bouche » et comme toujours, au moment où il le dira, ce sera vrai.

Avec conviction et avec une tristesse rigoureuse

Ses doigts sont très obéissants. Une noire, une blanche, deux noires, c'est juste, précis. Enfin, c'est peut-être deux blanches, une noire, je n'en ai aucune idée, je n'ai jamais su déchiffrer une partition mais de ce que j'en sais, c'est juste, précis, rien à redire. Elle travaille son piano, comme tous les jours. C'est bien qu'elle soit si assidue, je crois entendre qu'elle progresse, et puis ça l'occupe. Aujourd'hui qu'il pleut c'est un peu sinistre cela dit, surtout qu'elle joue encore ce morceau étrange et un peu boiteux, mais il faut croire qu'il lui plaît. Sébastien viendra peut-être dîner ce soir, s'il n'est pas trop pris par son travail, je ne lui en ai pas encore parlé, elle serait si déçue s'il annulait et il faut lui éviter les contrariétés. Ce matin, elle a lu, puis elle est allée déjeuner avec une amie. Ensuite elle a fait les boutiques et m'a trouvé une très belle chemise qui irait parfaitement avec ce costume que nous avons acheté ensemble il y a deux semaines. Le paquet fait exactement la taille de son sac à main, c'est pour ça qu'elle l'a distraitement laissé dans le café où elle s'était arrêtée prendre un thé. Elle ne devrait pas en faire un tel drame, puisque le sac lui a été rendu presque tout de suite par un monsieur très gentil.

Elle avait fait emballer la chemise et m'a tendu le paquet en souriant. Quand elle me fait des cadeaux, elle me rappelle Sébastien, petit, me tendant ses gribouillages exécutés au feutre avec minutie. Très abstraits au début, puis figuratifs et agrémentés de grands bâtons malhabiles, *Pour mon papa*. Ils étaient souvent très laids, mais il n'avait rien d'autre à offrir et je les recevais poliment pour le récompenser d'avoir pensé à moi. J'ai plaisanté une fois et il a pleuré, alors je n'ai jamais recommencé, ça ne s'arrête jamais un enfant qui pleure, un peu comme une femme. On n'avait pas tous ces soucis, à mon époque, on ne faisait pas tant de manières.

La première fois que Chantal m'a fait un cadeau, après notre mariage, je me suis étonné qu'elle me le présente avec tant de minauderies de gamine. C'était un beau stylo-plume, elle l'avait bien choisi, et justement j'en voulais un. Je l'avais remerciée et nous étions passés à table, car Jeannine venait de servir le dîner, qui était bon comme toujours, mais sans extravagances. Nous avons eu du mal à la remplacer quand elle est partie à la retraite. C'était du lapin à la moutarde, je m'en souviens bien, car Chantal n'y avait presque pas touché, elle qui aime tant ça. J'avais peur qu'elle ne soit malade. Elle m'avait assuré que non, qu'elle était simplement fatiguée, la grossesse peut-être, et c'était bien compréhensible. Elle a été fatiguée comme ça quelque temps, et puis son ventre s'arrondissait, elle surveillait les travaux pour la chambre du bébé. C'est à cette époque que sa sœur lui a offert ce chien qui est mort l'année où Sébastien est parti faire ses études, et il était bien temps : je crois que sans le dire plus personne ne supportait son odeur. Elle a tout de même été bien peinée. C'est peut-être ça qui a déclenché sa maladie bizarre. Ça venait de chez elle, j'en suis sûr, personne n'a jamais eu ça chez nous ; ou des livres qu'elle lisait et qui lui mettaient des idées en tête. Elle était fatiguée et pleurait tout le temps. Elle ne manquait pourtant de rien et elle n'a jamais travaillé.

J'ai bien écouté ce que m'ont dit les docteurs, et j'ai fait de mon mieux. Je lui apportais des fleurs, je quittais même le travail un peu plus tôt, ou je lui en faisais livrer quand je n'avais pas le temps. Les infirmières disaient toujours qu'elle avait bien de la chance d'avoir un mari aussi gentil, et qu'elles n'avaient jamais vu autant de bouquets (pourtant, c'était une clinique très bien). Pendant son absence, j'ai cherché dans son armoire des vêtements qu'elle voulait que je lui apporte. Au fond de l'armoire, il y avait des boîtes que je n'avais jamais vues, et à l'intérieur de petits carnets. Comme je me doutais que je n'avais pas le droit de les lire, je n'en ai lu qu'un, alors je l'ai bien choisi. Elle est très organisée, tout était daté, et j'ai lu notre première année de mariage. Je n'ai pas tout compris, les femmes sont compliquées, mais elle parlait du stylo-plume. Il était très beau, ce stylo, je le lui avais dit, mais pas assez, apparemment. Et puis, elle l'avait écrit : sa grossesse la rendait si sensible. Elle est bien délicate, et certainement qu'elle prendra la mouche encore, mais je fais attention maintenant.

À sa sortie, le docteur avait dit de lui trouver une occupation et je ne voulais plus de chien, alors je lui ai acheté un piano. Elle avait pris quelques cours à la clinique, ça semblait lui plaire. Elle joue tous les jours, des choses un peu tristes, je lui ai dit qu'elle devrait essayer des pièces plus joyeuses, des valses, sans toutefois trop insister. J'ai vu une partition l'autre jour ouverte sur le piano : *Je te veux (valse chantée)*. Je n'ai rien dit, elle veut peut-être me faire la surprise. Le professeur vient deux fois par semaine, c'est une jeune femme très bien, qui m'a l'air très patiente, elle ne ressemble pas à l'image que j'avais de ce genre de personne, elle a un léger accent, mais ce n'est pas trop gênant, il s'entend à peine, on comprend ce qu'elle dit. Je vois bien que Chantal s'applique même si hier j'ai entendu la jeune fille lui dire : « C'est bien, Chantal, maintenant interprétez ! Vous voyez, c'est écrit, là : *avec conviction, et avec une tristesse rigoureuse.* »

Huit centimètres plus haut

Ils se sont séparés, et il lui a murmuré quelque chose à l'oreille. C'était sûrement très flatteur et bien tourné, parce que le regard qu'elle lui a lancé était faussement gêné, triomphant. Je n'ai pas entendu non plus ce qu'elle lui a répondu en lui posant la main sur le bras; puis ils ont quitté la piste, elle devant, faisant claquer ses talons comme si elle dansait encore. Je les ai vus s'approcher du bar; il a pris les devants, lui a offert un verre et j'ai tourné la tête.

Un homme s'approche, je lisse ma jupe, il invite la femme à côté de moi. Je crois que je me suis recroquevillée, la tête dans les épaules, comme une tortue, je sens bien la pose ridicule qu'a prise mon cou. Mais il est trop grand aussi, je n'ai pas un caractère à porter un cou comme celui-là. Je me redresse, j'espère que personne ne m'a vue faire ça. *La cumparsita*, la dernière danse. La violence de ces notes quand on n'a pas dansé de la soirée, quand elles annoncent l'issue de la nuit, le retour triste, chaussures dans le sac, des chaussures aussi belles qu'inutiles et encore neuves ou presque. Je pourrais les revendre, ça coûte une fortune, en plus : *Vend chaussures tango, pointure 38, jamais servi.* C'est pas comme un instrument de musique, ça ne se loue pas. Il y a deux ans, j'ai décidé d'apprendre à jouer du violoncelle, j'ai toujours trouvé ça très élégant. Mais au bout de six mois déjà je pensais abandonner et si j'ai fini l'année, c'est bien parce que j'avais déjà payé la cotisation à l'école et la location de l'instrument. Quelle idée aussi d'aller apprendre à jouer d'un instrument à trente-deux ans quand on ne sait même pas déchiffrer une partition. Un instrument à cordes en plus ; je suis sûre que ce sont les plus ingrats. J'ai cessé d'écarter bêtement les jambes derrière ce violoncelle quand j'ai compris que je n'arriverais à rien, que tout au plus je pourrais au bout de dix ans de travail quotidien peut-être jouer une ou deux pièces de façon médiocre. Avant ça, il y a eu trois ans de théâtre et deux de peinture. Et puis le tango.

Quand on me demande pourquoi j'ai choisi cette danse, je réponds que c'est à cause des chaussures. C'est beau, une chaussure de tango, même quand ça ne danse pas, et ça peut tout se permettre. Les miennes sont dorées, tape-à-l'œil, je n'aurais jamais pensé avoir un jour cette audace. Je crois toujours que quelque chose peut arriver quand je les sors de leur sac. Je regarde mes pieds. Je déteste le moment où je dois passer mes pieds de mes chaussures de ville à mes chaussures de danse. Enlever mes chaussettes, mettre mes pieds à nu… Même soignés, ils sont si laids, avec leurs orteils tordus. Mais dès qu'ils sont dans les chaussures, c'est autre chose. On ne voit plus que mes ongles vernis, la lanière fine sur ma cheville et le talon avec lequel je ne sais pas comment j'arrive à marcher. Il est si fin qu'il devrait se briser. Ma jambe s'affine, les muscles n'ont pas le choix et se contractent. Elles donnent même à mes reins une cambrure qui n'est pas la leur. Et à cette hauteur je suis juste assez grande pour regarder la plupart des hommes dans les yeux. Je me suis surprise à aimer ça. Je me sens invincible, je m'assois et j'attends qu'on m'invite. Je ne me mets pas au bord de la piste, j'observe, un peu en retrait. Je regarde les danseurs, certains sont magnifiques. Il y a ce couple qui danse toujours ensemble, depuis des années à ce que l'on m'a dit. Ils sont profs, ils font parfois quelques démonstrations. Elle est si gracieuse et si techniquement parfaite, chaque mouvement est juste, naturel. Je commence à penser que je ne danserai jamais comme elle. Il doit falloir y passer des heures, je ne peux pas y passer des heures, moi. D'ailleurs je ne pourrai pas rester tard, je dois me lever tôt demain, et je suis épuisée en ce moment. Des dossiers qui n'aboutissent pas, et les conséquences. Devoir dire non tout le temps à des gens qui ont vraiment besoin de ce qu'ils sont venus demander, ça épuise très vite. On m'avait dit : Tu vas t'endurcir. J'ai bien fait de ne pas y croire. C'est toujours aussi dur mais on se raccroche aux moments où on peut dire oui. Malheureusement, il n'y en a pas beaucoup. Il y a ce type qui a obtenu un hôtel social il y a peu. Demain je saurai s'il gardera sa chambre le mois prochain. J'espère pouvoir lui dire oui, il a fait tellement de progrès, il peut s'en sortir. Il avance bien avec la psy.

Je ne vois plus le couple, ils sont trop loin, un autre passe plus près de moi. Lui, il marche comme un chat si bien qu'on n'a pas l'impression qu'elle recule, on dirait plutôt qu'elle l'attire. Ce n'est pourtant pas une danseuse exceptionnelle mais dans ses bras elle a l'air de savoir faire. J'ai vécu ça déjà, une fois. Une seule. Je ne dansais pas depuis longtemps, et ce garçon sans charme que je ne connaissais pas m'avait invitée. Je croyais que ce serait comme toujours : il serait pataud et je me sentirais mal à l'aise, traînée sur la piste entre ses bras maladroits, ou bien ce serait l'inverse, je ne serais pas à sa hauteur, je ne comprendrais pas ce qu'il me demande et je me sentirais inutile et gauche, ridicule. Dès qu'il m'a prise dans ses bras, j'ai compris que ce serait différent. Et ça l'a été, ce garçon quelconque, un peu gros, dégarni, me laissait exactement la place dont j'avais besoin. Il me faisait tourner, je ne pesais plus rien, il aurait fallu que jamais la musique ne s'arrête. Parfois je me trompais, je ne faisais pas le pas attendu, mais ça ne faisait rien, c'était tout juste si je m'en rendais compte. Trois danses, il y avait eu trois danses, c'est comme ça qu'on fait, c'est le minimum. Puis il m'avait souri, il m'avait remerciée et moi, j'aurais voulu lui baiser la main. Les autres danses ensuite étaient si fades. Avec les autres, j'étais redevenue cette fille qui ne sait pas danser.

Mais ce soir rien, comme souvent, pas même une mauvaise danse. Mon cul sur une chaise, et mes jambes en dessous, avec leurs talons de huit centimètres au bout. Mes talons dérisoires qui me donnent l'illusion que quelque chose a changé, alors que dans les chaussures, sous la jupe et sous le fard, c'est toujours ma peau. Cette peau dont je ne peux pas sortir pour me glisser dans celle de la grande liane aux cheveux noirs qui danse les yeux fermés, ni dans celle de l'autre qui rit un peu trop fort près du bar et se paie le luxe de ne pas profiter de la dernière danse ; les gouttelettes de sueur qui perlent encore entre ses omoplates montrent bien qu'elle a eu son content d'*abrazo*, de corps contre le sien.

Les dernières notes de *La cumparsita* ; les danseurs se séparent, plus ou moins vite, et un timide applaudissement lancé par l'organisateur marque la fin du bal. Je retire mes chaussures, les range dans leur sac et remets le plus vite possible mes petites ballerines. Derrière le brouhaha des voix qui se mêlent et que je n'ai pas envie de distinguer clairement, j'entends le clapotis d'une petite pluie fine dans la rue. Si jamais je pleure sur le chemin, ça ne se verra pas.

Le temps pour demain restera incertain

Il ne fait pas encore nuit, mais c'est tout comme. On pourrait même dire que la nuit est tombée deux fois aujourd'hui, et elle va bientôt tomber vraiment. Le soleil se couchera à 19 h 59, nous perdrons donc deux minutes de soleil. Pour l'instant, ça va, se dit-il, pour l'instant, ça va, parce qu'il fait encore beau presque tout le temps et que même s'ils raccourcissent, les jours sont plus longs que les nuits.

Il vous ferait rire, si vous le croisiez dans la rue. Il vous ferait rire parce qu'il a une drôle de tête, l'air d'être toujours dans la lune, même sa démarche est amusante. Il trébuche souvent, s'excuse quand il frôle quelqu'un ou le heurte franchement, et il fait de grands sourires un peu gênés, des sourires de timide. Parfois, on le reconnaît. Ce serait pas le type qui… ? Si, c'est lui, c'est le type qui présente la météo. Mais ça se voit tant qu'il est timide que presque personne n'ose venir lui parler. On se contente de lui rendre ses sourires, tout au plus d'échanger quelques mots, et on repart satisfait parce que vraiment, il est aussi sympa qu'à la télé. C'est un petit bonhomme bien sympathique, en somme.

Lionel Peltagriat s'intéresse à plein de choses, mais n'a pas de passion, il n'en a jamais eu. Petit, il a collectionné les timbres, parce que cela lui semblait bien. C'était facile, il suffisait de les ranger dans un album, et puis ça faisait plaisir à sa famille : on pensait à lui quand on recevait une lettre avec un joli timbre, on le mettait de côté. Quand quelqu'un partait en vacances, il lui envoyait toujours une carte. Quand il arrivait chez sa grand-tante, elle ouvrait le tiroir de droite du vieux buffet et en sortait les timbres qu'elle avait récoltés auprès de ses amis. Toujours la même enveloppe, qui avait fini par jaunir avec les années. Du coup, sa tante pouvait lui rapporter les récits de voyages qu'elle n'avait pas faits. Oh, ils n'étaient pas passionnants, ses récits, mais ça faisait passer le temps, on entendait moins le tic-tac de l'horloge. Un jour, il a décidé d'arrêter de ranger les timbres dans des classeurs. De toute façon, tout le monde était mort, tous ceux qui lui donnaient des timbres étaient morts. Quand il avait débarrassé la maison de sa grand-tante après son décès, il avait retrouvé la petite enveloppe jaunie, et les timbres qu'elle avait mis de côté pour lui. Il a regardé un peu l'enveloppe, puis l'a jetée, avec les prospectus trouvés dans la boîte aux lettres.

Lionel Peltagriat n'a jamais aimé passionnément. Il a aimé, bien sûr, en conséquence de quoi il s'est marié, et il serait faux de dire que ses deux enfants ne sont pas le fruit de son amour pour Nadine Laterzi, épouse Peltagriat. Nadine et lui se sont connus chez des amis. Elle était plutôt jolie et très gentille. C'est une femme joyeuse, souriante, pimpante même, et qui aime bien les timides. Elle a pris les devants ; c'est elle qui a suggéré qu'ils se revoient, car elle avait bien compris qu'attendre qu'il fasse le premier pas serait une perte de temps. Ils sont allés au restaurant, ils sont allés au cinéma, ils se sont promenés ensemble, ils ont fait l'amour. Autant d'habitudes qu'ils n'ont jamais perdues, car ce sont des choses qu'ils aiment bien faire tous les deux. Ils ont fait un beau mariage, avec ce que leurs moyens leur permettaient, et le voyage de noces fut charmant. Chaque dimanche, Lionel Peltagriat offre à son épouse un beau bouquet de fleurs. « Il ne faut jamais oublier de fleurir ses morts et ses femmes, sinon ils vous embêtent », répétait souvent son père comme s'il plaisantait, pour se justifier de couvrir régulièrement la mère de son unique enfant de bouquets extravagants. Lionel maîtrise parfaitement le langage des fleurs : la rose rouge pour l'amour passionné bien sûr, mais aussi la fleur d'abricotier pour un amour timide, l'acacia jaune pour un amour secret et toutes les nuances des lys. Si l'on sait composer un bouquet, on peut dire tant de choses. Il se demande parfois si Nadine comprend les messages cachés dans les compositions qu'il lui offre, ou si elle pense qu'il choisit au hasard le bouquet le plus joli chez le fleuriste. Il a appris tout cela dans le *Petit guide du langage des fleurs*, qui était son préféré parmi les *Petits guides* alignés sur l'étagère des toilettes dans la maison de son enfance. Sa mère y avait disposé de nombreux dictionnaires et manuels, mais en avait banni les romans et les journaux qui, disait-elle, n'y avaient pas leur place. Elle avait hésité un peu à laisser le *Petit guide de la mythologie romaine* rejoindre le reste de cette collection, avant de le glisser entre un manuel de savoir-vivre et le dictionnaire des plantes médicinales. Nadine a ri devant cette habitude qu'a Lionel de lire aux commodités quand il a voulu poser une petite bibliothèque dans les toilettes de leur maison, alors il ne le fait plus désormais que les jours où il est seul chez lui.

Nadine n'a jamais eu à se plaindre de son époux, qui est un homme doux et attentionné, toujours d'humeur égale. Elle n'oublie jamais de dire à ses amies qu'elle est très heureuse que son succès ne l'ait pas changé.

Car en effet Lionel a connu le succès, et on le voit chaque soir à la télévision présenter la météo. Il est arrivé par hasard là où d'habitude on arrive par ambition. Par hasard et à la suite du caprice d'un directeur de chaîne, qui avait désigné le premier technicien qu'il avait croisé dans le studio pour succéder au présentateur avec lequel il venait d'avoir des mots. Lionel avait toujours été très respectueux de la hiérarchie, et s'était exécuté sans broncher. Étonnamment, sa timidité maladive ne s'était pas manifestée devant la caméra. Il connaissait tout le monde dans le studio, il se concentrait sur une seule chose : faire au mieux ce qu'on lui avait demandé. On lui avait offert le poste, il l'avait accepté. Depuis, tous les soirs, il annonce le temps du lendemain, et ce n'est pas aussi facile que ça en a l'air. Il sait bien qu'on le déteste parfois, quand par sa faute on apprend que le pique-nique de ce week-end est annulé. Ce serait peut-être moins compliqué si lui-même n'avait pas au fond si mal au cœur quand les jours raccourcissent, quand la pluie revient, quand « les températures resteront très en dessous des normales de saison ». Ensuite, il y a l'éphéméride et le petit reportage. Les gens aiment bien le petit reportage, on le lui dit souvent. L'autre jour, ça parlait d'un homme qui allait nager avec des requins. Quelle idée, vraiment ! Il l'enviait un peu, cet homme, pas tant d'avoir nagé avec les requins mais d'avoir un jour eu envie de le faire. D'avoir tout mis en œuvre pour vivre ce moment de grâce, parce que c'était certainement très compliqué, et il le disait : « J'en ai rêvé toute ma vie. »

Cette promotion inattendue, c'était quinze ans avant ce soir de juillet où sa chemise colle à son dos par endroits. L'air est lourd, il n'aime pas ça, mais c'est toujours mieux que les faux matins ensoleillés de printemps, ces matins que l'on croit doux, quand on les regarde par la fenêtre, mais qui vous sautent à la gorge dès que vous sortez, parce qu'on n'a pas pris soin de se couvrir assez, parce qu'on s'est fait avoir. Lui, on ne l'y prenait plus, mais il gardait le douloureux souvenir d'un voyage scolaire lors d'un lointain avril où son cou nu avait souffert la morsure du froid, l'empêchant de profiter du temps libre accordé pour flâner après la visite. Aujourd'hui encore, le château de Chambord ne lui évoque que ce vilain mal de gorge. Le mal de gorge, ça l'a toujours poursuivi, il connaît bien le goût des bonbons au miel et des pastilles adoucissantes, celles qu'on peut sucer tout au long de la journée, sans autre risque qu'un léger effet laxatif. D'ailleurs, il hâte le pas pour arriver avant la fermeture de la pharmacie. C'est pratique, cette pharmacie qui ferme tard et qui est à deux pas de chez lui. Il fait des angines, même en plein été. Angine blanche, angine rouge, des angines. Pour calmer la douleur, il y a de la glace à la maison, Nadine y pense toujours. Lui, il pense à la mort, souvent et en secret. Là, par exemple, il se demande quand elle viendra. Il a envie de mourir, depuis longtemps, par intermittence. Pas comme un orage d'été, plutôt comme des giboulées. Ce n'est pas violent, c'est là, c'est tout, ça arrive. Il suffit d'attendre que ça passe, et ça finit toujours par passer. Alors, il y pense sérieusement, mais pas gravement. Il se demande comment faire, en pratique, pour que ça s'arrête. Il se dit qu'il aimerait bien être enterré dans un cimetière américain, calme et plein de soleil, comme on en voit dans les films, avec des allées bien droites et une pelouse d'un vert tendre. Bien sûr, ça n'arrivera pas, mais il trouve ça bien dommage. Il se demande souvent s'il le fera un jour, s'il sautera sous le métro quand il débouche, s'il s'ouvrira les veines dans un bain chaud, s'il prendra trop de médicaments avec un verre de whisky ou d'un autre alcool fort ; il n'aime pas bien le whisky, il se demande encore pourquoi il lui arrive d'en boire. Il s'est déjà pris à rêver d'avoir une maladie grave, incurable, une maladie où le médecin vous donne une échéance plus ou moins précise, qui fait que vous n'aurez plus le choix, qu'il faudra vivre intensément, comme si le fait de savoir qu'il ne vous reste plus que quelques mois pouvait vraiment leur donner une autre saveur.

Les pensées sauvages

Elle m'a déçue, je dois bien l'admettre. Quand elle est sortie du cabinet du médecin, elle n'avait pas ce regard de lapin effrayé. Pas le lapin qui vous fixe, hypnotisé par les phares de la voiture, on n'a pas le temps de voir ce regard-là. Non, les yeux du lapin qu'on égorge d'une main en tenant fermement de l'autre ses grandes oreilles toutes douces. Elle m'a même souri et souhaité une bonne journée en réglant les honoraires. Moi, j'ai pensé qu'elle aurait été un très mauvais lapin. J'ai regardé les autres qui attendaient : des vieux, presque que des vieux avec leurs miasmes et leur odeur de renfermé, avec la peur au ventre pour la plupart, ou l'espoir d'avoir quelque chose à raconter, que les enfants s'inquiètent un peu. Je leur ai souri avant de me replonger dans l'emploi du temps de septembre. C'est moi qui organise l'emploi du temps général, les rendez-vous et les vacances. Et tout le monde en est satisfait. J'essaie d'arranger chacun, je suis très accommodante : je n'ai pas d'enfants ni de mari au rythme desquels me plier, je suis plus libre, ça ne me dérange pas de fractionner mes congés, de remplacer une collègue au pied levé quand ses obligations l'appellent. Je fais donc ce travail très soigneusement, et le prépare longtemps à l'avance. J'ai commencé à penser à l'automne, ça a toujours été ma saison préférée. Les feuilles, le froid, je m'en fiche, les couleurs aussi. Depuis l'école, l'année commence en septembre et pas en janvier, janvier c'est pour rien, mais en septembre tout recommence pour de vrai. Ce n'est pas le bruit de la pluie que j'ai remarqué en premier mais son odeur. Une odeur de ville sale. L'odeur du préau, un peu. L'odeur de ce pont où nous nous étions abritées en riant, trempées déjà et haletantes après une course folle. Nous sentions que venait l'âge où nous n'aurions plus le droit de courir dans les flaques.

Pourtant l'odeur de la pluie avait changé, déjà, ce n'était plus la même. Elle ne sentait plus la terre, comme dans mon enfance, elle sentait la crasse et le propre en même temps. Elle sentait les voitures et l'urine de chien, sous ce pont. Elle sentait un peu la transpiration, aussi : il avait fait si chaud, si lourd, avant que l'orage n'éclate et ne nous force à nous abriter. Nous ne pouvions pas nous arrêter de rire, malgré nos souffles courts. Les biscuits que nous avions achetés plus tôt étaient trempés et irrécupérables. Elle a cherché le paquet de cigarettes dans son sac en cuir. J'aimais beaucoup ce sac, je crois que je le lui jalousais un peu. Elle a ouvert le paquet et nous nous sommes servies en même temps, comme toujours. Après, nos cheveux mouillés allaient sentir la cigarette, mais ce n'était pas très grave, je savais que les adultes faisaient parfois semblant de ne pas s'en apercevoir. Il n'y avait pas les garçons, pas encore, ou peut-être juste un peu dans nos têtes. On écoutait de la musique, on parlait des heures, des nuits entières. Je ne sais pas vraiment laquelle de nous deux a fini par ressembler à l'autre. Tout était immédiat, naturel. Nous avons fait des projets en tirant de petites bouffées. Certains étaient réalisables à court terme : se teindre les cheveux. Dans une couleur qui agacerait nos parents, mais raisonnablement, en rouge par exemple, ou en violet — le rose était plus risqué. Je regardais mes chaussures, des godillots militaires, elles seraient bientôt usées juste ce qu'il faut. Là encore nous avions des projets : les peindre, ou faire des choses de ce genre. Ceux qui nous reprochaient notre manque de coquetterie ne savaient pas ce qu'ils disaient. Et puis il y avait les projets lointains. Partir de cette petite ville.

C'était la fin de l'après-midi, bientôt l'heure de rentrer, mais la pluie nous gardait sous ce pont, que traversait parfois une voiture, et nous y étions bien. Je ne m'étais jamais sentie aussi libre que coincée là dessous avec elle. On a parlé de Caramel, aussi, le lapin qu'elle m'avait offert. Un petit lapin roux, le nom était tout trouvé. Elle aussi portait un nom qui lui allait bien : Marlene. Comme Dietrich, oui. Moi, je m'appelle Iris, on trouve ça beau souvent, élégant. Moi non, parce que moi, je sais d'où il vient, ce nom : ma mère l'avait lu dans un Harlequin. Je ne le dis pas, et quand on me pose la question, je dis que c'est à cause de la fleur. Mes fleurs préférées, ce sont les violettes. C'est beau, c'est une fleur d'hiver. Et c'est si délicat, les pensées sauvages. Nous en cueillions ensemble, parfois. Nous élaborions un plan pour le week-end suivant : nous devions nous rendre à une fête, en cachette de nos parents. Nous ne resterions pas tard, nous prétexterions un dîner chez une amie commune, c'était assez malin et bien ficelé, nous ne risquions pas de nous faire prendre. Comme j'étais plutôt froussarde, je faisais très attention, j'essayais de tout prévoir. Et ça marchait toujours, mais peut-être parfois nos parents ont-ils fait semblant de ne rien voir.

La pluie s'est calmée, les lourdes gouttes ont fait place à une bruine légère. Ses cheveux moussaient autour de son visage, des frisottis désordonnés qu'elle essayait de lisser entre ses doigts, mais il faisait si humide que ça ne servait à rien. Elle a regardé sa montre : nous avions encore une demi-heure devant nous, le temps d'aller jusqu'à la gare faire un photomaton. J'ai compté ma monnaie, et à nous deux nous avions de quoi nous l'offrir. Sous le pont, impossible de s'asseoir ou même de s'appuyer contre le mur : tout était sale et, quand j'avais touché la paroi, je l'avais sentie s'effriter légèrement sous mes doigts, un mélange sablonneux de grains de poussière et de toiles d'araignée. J'avais aussitôt retiré ma main en poussant un petit cri de dégoût. Ça nous ferait du bien de nous dégourdir les jambes. Nous avons marché ensemble en oubliant le crachin qui nous mouillait les joues. La rue avait encore cette odeur fraîche et entêtante, j'étais ivre de quelque chose, mais je n'aurais pas su dire de quoi. J'avais l'impression que nous resterions à jamais suspendues dans cet après-midi pluvieux.

Il faisait un soleil radieux quand quelques années plus tard elle m'a dit qu'elle ne voulait plus me voir, que je l'agaçais, que je l'étouffais. Le souffle m'avait manqué, alors. Les mots aussi. J'avais découvert ce jour-là qu'on pouvait réellement sentir son cœur se serrer. J'implosais, comme j'avais lu que risquait de le faire l'univers. Je ne me souviens de rien d'autre, ni de ce qu'elle portait ce jour-là, ni de ses mots exacts. Juste de cette douleur sourde qui me montait aux tempes, de ce vide sous mes pieds, et mon corps qui s'effondrait sur lui-même. Je ne sais plus comment je suis rentrée chez moi, si ce n'est en pleurant. Le vieux Caramel me regardait derrière les barreaux de sa cage, j'ai ouvert la porte, il est sorti pour flâner sur la moquette de ma chambre, à tout petits bonds. J'ai voulu le prendre dans mes mains, pour qu'il me console, et il m'a mordue.

J'avais déjà vu comment faire, je n'ai pas tremblé. Il m'avait trahie, lui aussi, après tout ce que j'avais fait pour lui : de la paille fraîche chaque jour dans sa cage, des petites carottes, le droit de sortir se promener dans la maison. Il n'était pas à plaindre, ce lapin. Sur le moment, je ne sais pas si c'était aussi clair que ça dans ma tête, mais après, quand j'ai regardé Caramel qui ne bougeait plus, et le sang qui avait coulé sur la poussière de la grange, j'ai compris ce qui s'était passé. J'ai nettoyé et mis Caramel dans une boîte à chaussures. J'avais encore deux heures avant que mes parents ne rentrent à la maison. Et j'ai creusé une petite tombe, au fond tout au fond de ce que nous appelions le jardin mais qui n'était en fait qu'un terrain mal entretenu où poussaient des herbes folles. Je croyais me souvenir qu'on y avait enterré autrefois un vieux chien dont j'avais presque tout oublié, sauf le nom et le poil long et rêche que j'évitais de caresser. Puis je suis rentrée pleurer tout mon saoul. Quand ma mère a vu mes yeux rougis et la cage vide, elle m'a regardée pleine de compassion, je lui ai dit que je savais que ça devait arriver, qu'il était vieux, mais que j'avais de la peine quand même. Et que je l'avais enterré au fond du jardin. Elle m'a dit que j'aurais pu attendre, qu'elle l'aurait fait à ma place, mais elle avait trouvé que c'était très responsable de ma part, de m'en être occupée jusqu'au bout. Quand j'ai quitté la maison le mois suivant, ma mère m'a offert un petit lapin roux, pour que je ne me sente pas trop seule dans mon petit appartement d'étudiante. Je l'ai appelé Caramel.

Les études, je n'aimais pas trop ça, mais j'aimais bien être chez moi, avec Caramel, je me liais peu avec les autres étudiants. Des garçons, parfois. Ce que j'aimais, c'était pouvoir passer des journées entières chez moi, à lire ou ne rien faire, surtout à ne rien faire, et à m'occuper de Caramel. Et puis un jour, il m'a mordue, lui aussi il m'a mordue. J'ai regardé le sang faire des taches orange sur mes doigts et j'ai reniflé ma main, ça sentait le fer. Alors, je me suis occupée de Caramel, et enfin j'ai bien nettoyé pour qu'il ne reste aucune trace. Le lendemain, j'ai dû visiter trois animaleries avant de trouver un petit lapin roux.

Très vite, je n'étais plus étudiante et tant mieux. J'ai oublié de partir loin, et avec qui, d'abord ? J'aime bien me lever tous les matins à la même heure, y compris le dimanche, et puis même si je n'aimais pas, ce serait comme ça de toute façon. Je prépare le café en écoutant la radio. Les gens font des choses dégueulasses, toujours, tous les jours les gens font des choses dégueulasses. Caramel aussi, parfois. Je nettoie toujours sa cage avant de déjeuner, et l'odeur d'urine de lapin se mélange un peu à celle du café qui vient de la cuisine. Il me regarde avec ses yeux tout ronds, il est content que je m'occupe si bien de lui, de lui d'abord, de lui avant le café. Il est gentil, et vient souvent coller ses petites narines douces comme du velours au dos de ma main pour me remercier quand j'ai terminé. Les gens ne sont pas si gentils, même ceux qui en ont l'air, un jour ou l'autre ils font des trucs moches. Ils ne pensent qu'à eux. À croire qu'ils n'ont jamais eu mal, qu'ils n'ont jamais senti leur cœur se serrer, eux. Sauf au cabinet : là, parfois, je vois leurs yeux perdus et leurs mains qui tremblent. Peut-être qu'eux aussi ils pensent à l'univers qui finira par imploser. Ils me comprennent alors, sans le savoir, pour un moment au moins. Je leur dis de ne pas s'inquiéter, juste avec les yeux, et souvent ça suffit.

Tout à l'heure, pendant la pause déjeuner, je me presserai pour arriver au marché avant que le primeur n'ait plié boutique. Je prendrai des carottes pour Caramel. Je le verrai tourner la tête vers moi avec intérêt quand il entendra le bruit du sac en papier : il sait ce que ça veut dire. Ce Caramel-là est sage, plus que les autres. Les autres m'ont tous déçue, tellement déçue. Un pipi sur le canapé, une crotte sur le carrelage… Un regard parfois a suffi à me faire comprendre qu'il fallait en finir. Ce n'est pas beaucoup plus simple avec les lapins qu'avec les personnes, mais au moins, nous pouvons nous séparer avant que j'aie trop de peine.

Le cri de l'araignée

Il y a vingt-quatre heures dans une journée, soit exactement mille quatre cent quarante minutes, c'est-à-dire cent quarante-quatre fois dix minutes. Si on enlève les huit heures passées au travail et les sept heures passées à dormir, il reste cinquante-quatre fois dix minutes. Comme ça, ça n'a l'air de rien, mais les journées d'Irène sont fractionnées par segments de dix minutes, le temps lui semble plus facile à appréhender coupé en petits morceaux, presque inoffensif. Lever : dix minutes. Déjeuner : dix minutes. Douche : dix minutes. Choix de la tenue : dix minutes. Maquillage : dix minutes. Coiffure : deux fois dix minutes. Changement de tenue : dix minutes. Trouver ses clefs : dix minutes. Et c'est comme ça chaque matin, jusqu'au soir.

Ce soir, elle a mis du temps à retrouver les boucles d'oreilles d'un beau rouge profond qu'on lui a offertes pour son anniversaire. C'est le genre de femme à qui on offre des choses de couleurs profondes, un vert profond, un rouge profond, du bleu profond, parfois aussi ; il doit y avoir une raison, ou bien ça tient tout simplement à la couleur de ses cheveux, se dit-elle en effleurant un foulard en soie sauvage qu'elle ne mettra probablement pas avant plusieurs mois. Un cadeau, encore. Elle a tout dans son sac : son téléphone, ses cigarettes, des kleenex, des bonbons à la menthe, sa brosse à dents, ses clefs, un anticerne et un rouge à lèvres pour les retouches, un carnet, des préservatifs (deux, n'exagérons rien), des pansements, un vernis incolore, des lentilles de contact, et le billet du concert.

Elle regarde sa montre — oui, elle porte une montre, ça se fait rare —, elle ne sortira que dans deux fois dix minutes, elle a le temps d'aller jeter un œil à l'araignée.

Depuis cinq jours, il y a une petite araignée derrière la fenêtre du salon. Elle n'aime pas les araignées, pas du tout, elle en a même très peur. Mais celle-là est si petite, et puis elle ne bouge pas dans la minuscule toile qu'elle a tissée dans l'embrasure de la fenêtre. Elle applique une règle simple avec les araignées et les insectes : à l'intérieur elle les tue sans hésiter, dehors elle leur laisse la vie sauve. Elle a hésité un peu pour celle-là : théoriquement, elle est dehors mais l'embrasure de la fenêtre, c'est déjà un peu chez elle. Elle a aussi hésité parce qu'il aurait fallu ouvrir pour la déloger, donc prendre le risque de la voir se faufiler dans l'appartement et peut-être se cacher. Par ce temps orageux, c'est étrange d'ailleurs qu'elle n'en ait pas vu d'autres. Elle n'arrive pas à savoir si elle doit lui donner un nom. Dans le doute, elle ne l'a pas fait, mais elle y réfléchit. Si jamais, ce sera un nom masculin, car elle s'est informée sur la bête et c'est un mâle, ou bien peut-être une très jeune femelle, mais il lui semble plus probable et plus rassurant que ce soit un mâle, car un mâle ne pond pas et les femelles de cette espèce peuvent prendre des proportions énormes, que la barrière de la vitre ne suffirait pas à rendre moins effrayantes. C'est une argiope frelon mâle, donc. Ça n'a pas été très difficile de l'identifier, avec ses couleurs qui rappellent une guêpe. Elle a cherché « araignée guêpe » sur internet, et voilà. En parcourant les articles écrits par des passionnés elle a souvent lu leur regret de voir les humains honnir ces animaux sans raison valable. Elle s'est rappelé le *Guide du promeneur dans la nature* qu'elle feuilletait pour se faire peur en osant à peine toucher les pages du bout des doigts dans la maison de sa grand-mère. Les dessins étaient si réalistes qu'elle craignait toujours de voir une des bestioles ramper hors du livre et monter sur sa main. Elle savait que ça n'arriverait pas mais cette pensée l'horrifiait et, quand elle avait eu son content de frissons, elle refermait le livre en hâte et le reposait sur l'étagère. C'est très embêtant d'avoir peur des araignées et des insectes et, depuis qu'elle vit seule, elle fait de son mieux pour être au moins autonome, et ne pas avoir à demander de l'aide. On lui a assez répété que c'est pas la petite bête qui va manger la grosse, avec cette condescendance involontaire de ceux qui n'ont pas peur des araignées. Elle le sait, elle l'a toujours su, et elle a même trouvé une parade : « C'est moi la grosse bête, alors je fais ce que je veux », répond-elle désormais avant de tuer l'animal. Pourquoi ne comprennent-ils pas qu'elle sait très bien que sa réaction est démesurée, pourquoi ne veut-on pas lui laisser le temps de guérir un peu ? Déjà, elle ne crie plus, ou alors tout bas, quand elle est confrontée par surprise à une araignée. Elle se calme et cherche le moyen de s'en débarrasser, le plus souvent avec une solution chimique, qu'elle pulvérise. Quand l'araignée est très grosse, elle met très longtemps à mourir, continue à courir alors qu'elle est luisante d'insecticide et que sa mort est certaine. Dans ces cas-là, elle continue de l'asperger de produit, peut-être pour que le calvaire du monstre miniature dure moins longtemps, ou peut-être pour éviter de la perdre de vue et être certaine qu'elle pourra faire disparaître son cadavre dans l'aspirateur. Elle s'approche parfois un peu pour la regarder se débattre, bouger les pattes en vain et se recroqueviller après avoir eu comme un spasme. Depuis qu'elle s'est renseignée sur elles, elle a appris que les araignées pouvaient crier, aussi. Ça ne ressemble pas vraiment à un cri : on entend d'abord le bruit des pattes qui tambourinent puis une sorte de rire étouffé, comme le rire du chien Diabolo dans *Les fous du volant*. Elle a repassé cet enregistrement une dizaine de fois, en essayant d'imaginer les pattes tambouriner et la bête faire *kr kr kr kr kr* ! Elle se demande si celle-là aussi a un cri, et à quoi il peut bien ressembler. De toute façon, derrière la vitre et avec le bruit de la ville, elle ne l'entendrait pas.

Depuis le canapé, elle voit bien l'argiope frelon et sa toile. Elle ne la tuera pas, elle s'habituera à sa présence, voilà ce qu'elle a décidé cinq jours plus tôt. Elle finira peut-être par vaincre son dégoût et par la supporter vraiment, et pourquoi pas par s'y attacher. Si ça arrive alors elle lui donnera un nom. Elle tente de se convaincre que c'est possible. La toile est très belle, avec au milieu un fil blanc brillant, en zigzag. Les spécialistes ne sont pas tous d'accord à son sujet, mais la thèse la plus répandue est que ce fil brillant servirait à attirer les proies. À cette heure-ci, le soleil donne sur cette fenêtre dont elle n'a pas pu fermer le volet depuis que l'araignée s'y est installée. Heureusement aujourd'hui, le soleil ne cogne pas, seuls quelques rayons filtrent à travers les gros nuages gris qui s'amoncellent. Elle essaie de prendre une photo, mais les reflets sur la vitre l'en empêchent, c'est dommage, elle aurait bien voulu envoyer une image de l'araignée dans sa toile étincelante sur le site d'amateurs qu'elle fréquente depuis quelques jours, ça aurait été sa façon de les remercier, et d'être un peu comme eux. Avec l'orage qui vient, le vent souffle et fait bouger la toile, elle a cru voir l'araignée s'accrocher un peu plus fort, mais ce n'était probablement qu'une impression.

Le tonnerre au loin et des gouttes qui frappent la vitre. Elle est presque au bout de ses deux fois dix minutes, il va falloir qu'elle cherche son parapluie et peut-être qu'elle se change. Elle abandonne l'araignée et décide de repousser son départ de dix minutes encore, le temps de trouver tout ce dont elle a besoin, et de se faire un thé aussi, oui, elle a le temps de boire un thé avant de partir, un thé à la menthe, par cette chaleur ce sera bien. Comme elle ne pense plus à l'araignée, elle pense à la soirée qui l'attend en vérifiant à nouveau le contenu de son sac. Elle sait très bien que tout ça ne lui servira à rien, la brosse à dents et le reste, que probablement, comme d'habitude elle rentrera seule chez elle. C'est peut-être parce que dans son groupe d'amis, il y a beaucoup de garçons, alors pas évident de se faire aborder. Elle espère que Sébastien viendra ce soir aussi, et sans sa copine qui a toujours l'air de s'ennuyer ou d'être à deux doigts de la crise de nerfs. Elle l'a peut-être vue sourire deux fois. Christophe peut ramener sa copine, lui, ça ne la dérangerait pas trop, elle avait même l'air plutôt sympa, cette Italienne, avec son tout petit accent qui s'entendait à peine. Enfin, si c'est encore d'actualité — avec lui ça change tout le temps. C'est à se demander comment il fait, d'ailleurs, ce n'est pas vraiment ce qu'on pourrait appeler un beau garçon. Elle a pourtant déjà couché avec lui, il y a longtemps, un soir où plus que les autres elle avait besoin de compagnie, sans même l'excuse de l'alcool, comme ça. Ils auraient même pu avoir un peu plus qu'une aventure d'un soir s'il était resté dormir avec elle. Elle savait bien qu'il travaillait le lendemain, qu'il avait des choses à faire, que c'était compliqué, mais tout de même, il aurait pu le faire. Elle ne le lui avait pas demandé, elle n'aurait certainement pas eu à insister beaucoup pour qu'il dise oui, repose sa veste, se déshabille et se recouche à côté d'elle. Il lui avait envoyé un message en arrivant, et d'autres les jours suivants auxquels elle n'avait pas répondu tout de suite. Et tout ce qu'elle lui avait dit sur le fait qu'il valait mieux qu'ils restent amis, et qu'elle n'avait pas envie d'une relation, c'étaient des mensonges qu'elle n'aurait pas eu à lui dire si seulement il avait passé avec elle cette nuit-là.

Elle a oublié le sachet dans sa tasse, le thé est trop fort et déjà tiède, elle le jette dans l'évier. Un coup d'œil à sa montre lui indique qu'elle n'a pas le temps de laver la tasse. Une dernière vérification, les clefs, le parapluie, le maquillage et elle sort en claquant la porte derrière elle.

Peut-être que si elle ne rentre pas seule, et qu'un garçon reste dormir, elle lui demandera s'il peut la débarrasser de l'araignée.

La tête dans les cartons

C'est rare qu'elle sourie quand elle dort mais quand ça arrive c'est vraiment mignon. Roulée en boule sous les draps, ses cheveux en bataille sur l'oreiller, elle ne bouge presque pas. Je n'aime pas trop quand elle fait des cauchemars : elle se réveille dans un bond, elle pleure, puis elle se renferme et je ne peux rien faire. Elle répète que ça va passer. Ça peut prendre des heures mais ça passe toujours, c'est vrai. Elle s'est endormie pendant que je tapais quelque chose sur mon ordinateur. Elle dit que ça la berce, le son du clavier. Elle a le sommeil tellement lourd quand elle ne fait pas de mauvais rêves que je peux me glisser à côté d'elle sans craindre de la réveiller, c'est pratique. C'est toujours attendrissant quelqu'un qui dort, j'aime regarder une fille dormir à côté de moi. Je suis plutôt un mec gentil, pas du genre à pas vouloir qu'on dorme chez moi, ou des trucs comme ça. Même un plan d'un soir, je préfère qu'on dorme ensemble, sinon c'est un peu triste. On baise pas que pour frotter deux sexes l'un contre l'autre, on le fait pour la peau, et moi j'aime bien la sentir encore près de moi, cette peau, cette chaleur étrangère. J'arrive pas à m'endormir avec quelqu'un dans les bras, mais je dors mieux si on s'est un peu enlacés. La première fois, j'ai été étonné de voir la tendresse qu'il y avait chez elle après l'amour. Bien sûr elles font toutes ça, les filles, après, elles veulent des câlins, c'est normal, mais là, j'avais plus la même personne entre les bras. Ce qui m'a surpris, c'était de la voir devenir d'un coup une petite fille. C'est ce qui m'a plu, je crois. Dès le début elle m'a plu, beaucoup même, mais c'est tout. Je l'ai rencontrée à une fête, enfin, plus précisément en bas de l'appartement où se tenait cette fête. J'étais devant l'immeuble, en train d'essayer d'appeler le copain qui m'avait invité pour lui demander le code quand elle est sortie. Elle était un peu éméchée, comme tous les autres convives probablement, car j'arrivais un peu tard. J'allais profiter de ce qu'elle avait ouvert la porte pour entrer, mais elle m'a fait un grand sourire avec ses lèvres tachées de vin rouge et elle m'a demandé si j'allais à la fête, et qui j'étais, et si je ne voulais pas plutôt l'accompagner chercher ses cigarettes, parce que le quartier craignait un peu, et qu'elle ne voulait pas y aller toute seule. Elle était marrante et j'avais envie d'aventure. Et puis mon pote ne répondait pas. Elle était mignonne, pas mon genre mais mignonne. Un peu trop grande (moins que moi tout de même) mais c'était à cause des talons aiguilles sur lesquels elle était perchée. Elle n'était pas assez saoule pour vaciller sur ses échasses, ou peut-être que c'était à cause de ses chaussures qu'elle faisait attention à sa démarche. Elle portait un imper noir, et elle avait un chignon qui avait dû être chic au début de la soirée mais dont s'échappaient maintenant quelques mèches folles. Le fard sur ses yeux était un peu luisant et la poudre s'agglutinait en une ligne plus sombre qu'on voyait bien quand elle fermait les paupières. Elle a ouvert son grand parapluie et je l'ai suivie. Je ne sais pas de quoi nous avions l'air tous les deux, mais je crois qu'on n'était pas très bien assortis : je devais ressembler à un petit garçon à côté d'elle avec mes baskets et mon jean qui traînait un peu dans les flaques. Elle m'a demandé de tenir son parapluie pendant qu'elle cherchait son écharpe dans son sac. Il faisait froid, il pleuvait depuis une semaine, l'automne était déjà bien avancé, et je commençais à me dire que j'allais devoir renoncer à mes baskets. Ça sentait les feuilles mortes, parfois je glissais sur l'une d'elles, je ne sais pas comment elle faisait pour marcher si droit avec ses talons. Il y avait du monde devant ce tabac qui était le seul du quartier ouvert jusqu'à minuit et, en voyant comme les hommes qui attendaient leur tour la regardaient, je me suis dit que j'avais bien fait de l'accompagner. Je ne suis pas très impressionnant, sinon ils auraient fait semblant de ne pas la voir, mais personne ne lui a rien dit, alors qu'on voyait assez ses jambes pour qu'elle s'attire des remarques désobligeantes.

Elle a acheté ses cigarettes et nous avons rejoint la fête qu'elle avait quittée quelques minutes. Elle m'a présenté à tout le monde comme si nous nous connaissions, comme si c'était elle qui m'avait invité. Elle m'a même présenté à Julien, que je n'avais pas réussi à joindre un peu plus tôt pour me faire ouvrir la porte. Il a souri puis s'est excusé de partir déjà. J'ai deviné en voyant la jolie rousse qui saluait les autres, son manteau déjà enfilé, qu'il avait certainement mieux à faire. Je ne connaissais plus personne mais c'était pas grave, Cécile avait visiblement de quoi animer une conversation de plusieurs heures. Ici aussi, elle dénotait : sous son imper elle portait une robe de soirée en satin noir, brodée de perles et ajourée jusque très haut sur sa hanche. Tous les autres étaient habillés normalement. Et ça ne semblait pas la gêner le moins du monde. La soirée a filé, un verre après l'autre, et puis elle m'a regardé par en-dessous en se mordillant un peu la lèvre. Je voyais bien que c'était calculé. Elle m'a demandé si j'aimais les garçons. Je n'ai pas trouvé meilleure réponse que de l'embrasser, après quoi elle s'est mise à rire en me disant : « Ça marche toujours, ce truc, toujours ! » J'avais l'impression de m'être un peu fait avoir mais je ne lui en voulais pas, j'étais content qu'elle m'ait bien eu. Nous avons continué à discuter comme si de rien n'était pendant dix minutes peut-être, puis je lui ai demandé si elle voulait un autre verre. Et elle m'a répondu que ce qu'elle voulait, c'était qu'on s'en aille. Alors elle a remis son imper noir par-dessus sa robe de soirée et nous sommes partis. On s'est embrassés dans l'ascenseur, j'ai défait son chignon et remonté un peu sa robe. Et puis on s'est embrassés aussi en bas, dans l'entrée, en se caressant beaucoup, comme si on ne pouvait pas attendre d'être chez moi. On a vite trouvé un taxi et j'ai dû réfléchir avant de donner la bonne adresse, parce que j'avais emménagé une semaine plus tôt. Le taxi était immense, et j'avais l'impression qu'on était très loin l'un de l'autre, on ne savait pas trop quoi faire de nos mains. Elle a appuyé sa tête contre la vitre, elle regardait la rue défiler en souriant.

Je me suis excusé pour le désordre, tout en sachant qu'elle s'en foutait certainement. Elle est allée aux toilettes et, quand elle est revenue, elle a jeté en riant la culotte qu'elle tenait à la main. Mais elle avait encore sa robe et ses chaussures. J'ai fini de la déshabiller, et on a fait l'amour au milieu des cartons pas encore tous défaits, sur mon matelas posé à même le sol. J'avais tout de même eu le temps de mettre des draps et une housse de couette.

Le lendemain matin, elle fanfaronnait moins. Elle a remis sa robe de soirée et sa culotte, et elle est restée pieds nus assise au bord du lit. Je nous ai fait du café, on a parlé un peu, je lui ai dit que je venais juste d'emménager, c'était idiot, ça se voyait. C'est mon premier appartement à moi, je ne sais pas si elle a pensé qu'elle était la première fille à passer la nuit dans mon premier appartement. Avant ça, j'étais en coloc avec des copains, et puis j'avais eu un CDI, alors j'avais cherché autre chose. Et voilà, la première personne qui venait ici, c'était cette fille que je ne connaissais pas depuis vingt-quatre heures. Après le café, je lui ai dit que je devais ranger, elle n'a pas insisté et elle est partie. On a échangé nos numéros, et ça m'a fait plaisir. Je ne savais pas quand j'allais la revoir, mais je voulais la revoir, oui. Et elle aussi, sa façon de m'embrasser sur le pas de la porte ne m'avait laissé aucun doute là-dessus.

Trois jours plus tard, Cécile m'a rappelé et nous nous sommes revus, ce qui arrive très souvent depuis.

Je ne pense pas à elle quand elle n'est pas là, je suis content de la voir, j'aime coucher avec elle, sentir l'odeur du tabac froid dans ses cheveux, et même ce parfum de pêche un peu écœurant sur sa peau.

Je travaille un peu, je pianote, le casque sur les oreilles pour ne pas la réveiller, une playlist au hasard. Dès les première notes, je reconnais ce morceau qu'elle a usé jusqu'à la corde. Elle a utilisé ces mots, *usé jusqu'à la corde*. Elle me dit que ça lui rappelle un rêve, son rêve préféré, qu'elle faisait souvent, mais qu'elle ne fait plus. Elle m'a dit qu'il lui manquait, comme un ami qui serait parti s'installer à l'étranger, dont on a des nouvelles, mais dont on sait qu'on ne le reverra plus.

Elle me raconte toujours ses rêves, sauf les mauvais. Dans celui-là elle est petite, quatre ou cinq ans, dans un champ, à la campagne, un champ qui appartient à sa grand-mère, où il y a une mare, avec des rainettes dedans. Elle a de longs cheveux, l'air est bleu. « Tout bleu, tu comprends ? » Elle marche en apesanteur, elle fait des bonds très lents, comme sur la lune, des mètres de cheveux volant derrière elle. Son père essaie de l'attraper, mais n'y arrive pas, et reste comme un con, un cheveu entre les doigts. Et elle rit. *Et alors mon rire prend toute la place.* Et c'est à peu près tout. Elle me dit qu'elle se sent libre quand elle fait ce rêve, elle m'en parle souvent.

J'aurais bien voulu l'aimer comme elle m'aime, mais c'est presque impossible. Elle donne trop, sans se demander si on en veut. Je connais ses secrets, même les plus moches, même les plus durs, même ceux qu'elle essaie d'oublier, et il m'arrive de lui en vouloir un peu pour ça. Elle en fait des tonnes, ça la rend touchante et fatigante à la fois. Elle a l'air serein ces derniers temps, ce serait peut-être le bon moment pour arrêter tout ça. Je ne pouvais pas, avant, pas quand je la voyais si fragile. Je l'aime bien, vraiment, je n'avais pas le cœur à ça. Maintenant, je crois que ça irait. Ça va aller. Mon téléphone vibre, je regarde le message : je répondrai demain. C'est Audrey. Quand j'avais dit à Cécile que j'avais du ménage à faire après notre première nuit, c'était elle que je recevais. Ça devait être elle la première fille à venir dans cet appartement, même si c'était pas fait exprès. Elle m'avait simplement demandé si j'étais libre ce soir-là, et on avait décidé de boire un verre chez moi. Audrey aurait bien pu voir les cartons, je ne cherchais pas à la séduire, ça faisait déjà trop longtemps que c'était fini entre nous. Mais en tout cas je savais que j'éviterais de lui dire qu'une fille avait passé la nuit ici, parce qu'elle voudrait en savoir plus et que moi-même je ne savais pas trop ce qui allait se passer. Ça me faisait quand même bizarre, j'avais longtemps cru que ce serait avec elle que je déballerais les cartons dans mon premier appartement. J'espérais qu'elle ne me le ferait pas remarquer, puisque c'était elle qui avait décidé trois ans plus tôt qu'il valait mieux que l'on reste amis.

Je rejoins Cécile dans le lit, elle bouge un peu, plisse le nez, fronce les sourcils, semble contrariée.

Je caresse ses cheveux, elle se calme, bredouille quelque chose et se rendort. J'ai tant eu envie d'elle, et ça m'arrive encore.

J'aime bien quand il vient se coucher à côté de moi, et que ça me réveille juste assez pour que je le prenne dans mes bras. Il me dit de me rendormir, ou caresse mes cheveux, au fond c'est pareil. Demain, demain je lui dirai que je l'aime.

La forme des nuages

Il s'approche de la fenêtre ouverte et fouille dans son paquet de cigarettes. Lucky, JPS, News... merde. Il cherche encore un peu, il est sûr qu'il y avait une Marlboro. Oui, elle est là, à côté de la menthol qui a empesté tout le paquet. Pas besoin de chercher son briquet, il est dans la poche droite de son jean comme toujours. Il n'a jamais perdu un briquet. Il a perdu pas mal d'autres trucs dans sa vie, mais un briquet, jamais. Il a des mains un peu usées, mais qui donnent le change. Elles sont propres, il y fait attention, mais dernièrement elles pèlent et il ne se l'explique pas. C'est peut-être à cause du savon de l'hôtel, qui est d'aussi mauvaise qualité que la lessive qu'ils utilisent pour les draps, toujours rêches. Il n'y avait pas pensé, mais ce lit, finalement, c'est une belle déception. Les copains lui avaient bien dit qu'on reprenait pas comme ça l'habitude de dormir dans un lit. Il avait rigolé, il avait pas voulu y croire, mais c'était vrai. Il a eu tellement mal au dos après sa première nuit que maintenant il dort par terre, sur le matelas qu'il descend du sommier et qu'il remet chaque matin à sa place. D'abord parce que la chambre est minuscule, alors il ne va pas s'étaler, et aussi parce qu'il ne veut pas que le gérant s'en aperçoive. *On vous donne un lit, et voilà ce que vous en faites!* Avec un haussement d'épaules, probablement. Il avait attendu avec impatience le moment de se glisser sous la couverture, au chaud, même si à cette saison c'était pas le froid le plus dur à supporter; remonter le drap sous son nez, respirer un grand coup et laisser sa tête s'enfoncer dans l'oreiller avant de tomber dans un sommeil profond. Mais ça s'était pas passé comme ça. Le matelas était trop mou, les draps grattaient, il avait essayé de les remonter sur son visage, mais ils étaient trop courts. Alors il avait tiré dessus d'un coup, défaisant le lit, et puis de toute façon il faisait trop chaud pour garder la couverture. Il était resté de longues minutes allongé sur le côté à fixer dans la pénombre son sac à dos posé au pied du bureau, en essayant de ne pas penser, de ne pas céder à cette rage qu'il sentait monter en lui, et qui avait un goût de larmes. Ce lit, même ce lit n'avait rien de mieux à faire que de lui renvoyer au visage ses cinq années passées à la rue. Il s'était relevé pour fumer un joint à la fenêtre avant de se recoucher.

Finalement, c'est bien ce qu'il préfère dans cette piaule : la fenêtre. Quand l'assistante sociale lui avait confirmé qu'on lui attribuait pour un mois — *reconductible* — une chambre dans un hôtel social, il s'était dit qu'il allait enfin avoir un toit sur la tête, mais le toit, maintenant, il s'en fout. Chaque fois qu'il rentre, il commence par ouvrir la fenêtre, même quand il pleut. Il tire encore un peu sur sa clope, regarde ses doigts. Il a des ongles plats, c'est un peu bizarre, paraît-il. Une fille le lui a dit une fois : « Tes ongles sont plats, c'est bizarre. » Elle n'avait pas compté beaucoup, c'était une histoire comme ça, mais à cause de cette réflexion idiote et sans intérêt il ne l'oublierait jamais : souvent il pense à elle quand il regarde ses doigts et ça l'agace.

Il est au dernier étage, de là il voit bien la rue qui s'anime à cette heure, les gens aux terrasses des cafés qui se racontent leur journée autour d'un verre. Mais lui, on ne le voit pas. Ils ne vont peut-être pas rester attablés bien longtemps, vu l'orage qui s'annonce. Pour l'instant, c'est rien, quelques nuages au loin, mais ça va venir. Ils ont un nom, ces nuages, ces gros nuages qui vont éclater. Son père savait bien ça et le lui répétait souvent. Il lui expliquait la formation des nuages, en tuait toute la poésie. Ils devenaient des monstres capables de vous aspirer, c'est pour ça que les avions ne devaient pas s'en approcher. Il lui avait raconté l'histoire d'un parapentiste qui était mort aspiré par un orage, broyé. Il imaginait alors des blocs de glace gros comme des maisons s'entrechoquant violemment là-haut, dans le vide et au-dessus de sa tête. Les nuages perdaient leur consistance légère et mousseuse, se chargeaient. Il n'aimait pas en comprendre les mécanismes, qui pourtant le fascinaient. Il aurait voulu ne jamais savoir ce qu'il y avait réellement dans les cumulonimbus. Voilà, cumulonimbus, c'est ça, le nom. Un nom de gentil savant fou de dessin animé pour une chose d'une telle violence. Il avait appris à reconnaître les signes qui ne trompent pas, à savoir quel petit tas de vapeur allait dégénérer en colosse menaçant. Les traînées laissées par les avions, par exemple, il savait que quand elles grossissaient rapidement, l'air était propice à la formation des orages. Il savait aussi reconnaître les cirrus, ces grands cheveux blancs dans le ciel. Il les préférait aux autres. Il ne cherchait plus de visages ou d'animaux étranges dans leurs formes, il cherchait à prévoir le temps, il ne se trompait presque jamais.

Certains s'installent en terrasse, d'autres carrément par terre, près du canal, et sortent de quoi pique-niquer. Il a envie de leur dire de tout remballer, qu'il va y avoir de l'orage. Il commence à le leur dire. Tout bas, d'abord, puis il lève la voix et crie carrément. « Rentrez chez vous ! Il va pleuvoir ! » Il jette son mégot sans regarder où il tombe, prend ses clefs et sort. Il s'approche de la terrasse en souriant et taxe une clope à un mec attablé, en train de draguer peut-être. « Il va pleuvoir. Non, c'est vrai ce que je dis, regarde là-haut, tu vois ça ? Vous voyez, mademoiselle ? Ça a l'air de rien, mais quand les avions laissent une grosse traînée, comme ça, derrière eux, c'est mauvais signe. » Il se retourne, interpelle un groupe, installé un peu plus loin. « C'est vrai, c'est pas des conneries, vous verrez. » Ils ont l'air de s'en foutre. Ils sont là, avec leurs vies de cons. Il demandait pas grand-chose, il est sympa, merde. Il venait juste les prévenir, ça va, on peut parler. Il déteste à présent leurs regards fuyants, il n'aime pas ce qu'il y voit. Il s'est peut-être un peu emporté, il les a peut-être un peu insultés, parce qu'un serveur lui demande assez fermement de partir. Il s'en va, il a pas besoin qu'on le pousse, c'est bon. Il discutait, c'est tout. Il n'a pas plus de succès avec les jeunes qui viennent d'ouvrir leur bouteille de vin. On le regarde comme un fou. Il taxe une autre clope, sort son briquet de la poche droite de son jean, grommelle un merci et sent une première goutte sur sa tête. Il a failli se mettre en colère, mais c'est fini. Il ne va pas faire ça, pourquoi, d'abord, hein ? Il a besoin de se calmer. Pour lui, les autres il s'en fout. Il va marcher un moment, le temps que ça passe, marcher. Il ne sait pas combien de temps ça prendra, ça ne fait rien. Il ne va pas faire un scandale, c'est son quartier, maintenant. Il peut marcher, il a un endroit où revenir, pour deux semaines encore, après il ne sait pas. Peut-être encore un mois. Il faut qu'il arrête d'y penser, il faut qu'il avance, alors il va tout droit, en évitant le regard des passants, et en prenant soin de détourner la tête pour ne pas voir non plus le vieux clodo bourré qui rit tout seul, assis par terre, en se grattant une jambe.

Scioglilingua

« Je veux bien t'apprendre des démêle-langues en français, mais ça n'existe pas. Enfin, pour toi, je veux bien l'inventer… »

Et il avait ri. Alors, elle avait ri aussi. Elle voyait bien qu'il se moquait d'elle, mais ça semblait gentil, c'était gentil. Elle avait expliqué ce qu'était un *scioglilingua*, il avait compris, ça existait en français aussi, mais étrangement, ça n'avait pas de nom. Il avait bien voulu reconnaître que c'était étrange, en effet, que ça ne porte pas de nom.

« Enfin, peut-être que ça a un nom, et que je ne le connais pas, après tout. Nous, on appelle ça les chaussettes de l'archiduchesse. Eh bien, tiens, tu pourrais apprendre celui-là. Vas-y, répète : les chaussettes de l'archiduchesse…

— Les chaussettes de l'archiduchesse…

— sont-elles sèches…
— sont-elles sèches…
— archi-chèche… Eh merde ! »

Il avait ri encore, elle l'avait imité. Dans un élan, il l'avait embrassée. Ce n'est jamais bien naturel, il faut que l'un ou l'autre se lance. Après, c'est bien.

Il lui arrive souvent de demander comment exprimer telle ou telle chose en français. Elle maîtrise assez bien la langue et son accent est presque imperceptible. Mais parfois un mot lui manque et, comme rien ne lui a jamais semblé plus facile à obtenir qu'un mot, elle le demande. Elle tente toujours de le trouver d'abord par elle-même et ça marche assez souvent. Quand ce n'est pas le cas, sa proposition est parfois amusante, et tout le monde trouve ça charmant, elle le sait. Il va falloir rentrer bientôt, dans deux semaines, enfin treize jours maintenant, mais ensuite elle reviendra. Et puis, qui sait ? Peut-être qu'avec ce garçon-là…

Elle ne passe jamais l'été en ville d'habitude. L'été, depuis l'enfance, c'est le soleil, la mer, le sable entre les orteils. C'étaient les cousins de France, aussi, tous les mois d'août. Pour elle, la France, c'était Paris et Pessat-Villeneuve. Elle était déjà allée deux fois à Pessat-Villeneuve. Elle ne s'aperçut même pas qu'elle apprenait le français et, quand il fut temps de quitter la maison, Paris lui apparut comme un choix naturel. Elle y vivote depuis trois ans, dans une relative insouciance. Quelques cours de piano, et un petit boulot de serveuse. La fac, elle a arrêté au bout d'un mois. L'appartement, elle le loue à ses parents à un prix raisonnable, qui engloutit tout de même une bonne partie de son budget. D'habitude elle rentre chez elle en juin, mais cette année elle rentrera un peu plus tard. Elle a encore quelques choses à régler avant de partir. Elle se surprend à aimer l'été en ville. Les jambes nues sur le plastique sale du métro, ça ne la dérange pas tant qu'elle le craignait. C'est même un peu agréable, comme la sueur dans son cou et ses cheveux relevés, comme le regard des hommes sur son corps pourtant moins nu qu'en bord de mer.

Elle a rendez-vous ce matin, elle est sortie et a laissé ce garçon dans son lit, il l'attend ou il dort, il ne sera peut-être plus là quand elle rentrera, elle ne sait pas, et ça ne fait rien : qu'il existe en son absence n'a pas vraiment d'importance. Tout ce qu'elle veut, c'est garder cette tendresse sur elle, elle craint de la faire tomber en secouant les épaules. *Non vuole scrollarsela di dosso*. Elle ne sait pas dire ça, en français, il faudra qu'elle lui demande en rentrant si ça existe, s'ils ont un verbe qui veut dire qu'on va faire tomber quelque chose qu'on a sur soi rien qu'en secouant les épaules.

Ce matin, il fait très lourd, elle a mis une robe légère, très légère et un peu courte. Ça ne la gêne pas qu'on regarde ses jambes, pendant ce temps on ne fait pas attention à son nez, qui est un peu fort, même s'il est harmonieux. Elle a tant minci ces derniers temps qu'elle ne ressent plus le besoin de mettre des talons quand elle montre ses jambes, pour affiner ses mollets. Hier soir, elle a croisé des amis du garçon, quelques mots, rien de plus. Elle se demande ce qu'ils savent d'elle, pas grand-chose certainement, puisque l'un d'eux lui a demandé : « Ah, tu es italienne ? » en entendant son prénom. S'il ne le savait pas, c'est qu'il n'avait jamais entendu parler d'elle. Ils n'étaient peut-être pas très proches, ou bien ils ne s'étaient pas vus depuis quelques semaines, et il n'avait pas eu l'occasion de lui dire : « Tiens, je sors avec une fille en ce moment, une Italienne. » Oui, un garçon qui sort avec une étrangère le dit toujours quand il en parle, même sans le faire exprès, c'est comme ça. Elle passe devant le bazar chinois où elle achète ce dont elle a besoin pour sa maison, il faudra qu'elle aille voir s'ils ont des ventilateurs, pas trop chers et pas trop encombrants, en sortant de son rendez-vous. Hier soir, il faisait chaud, et après leur étreinte un peu maladroite ils n'avaient pas pu rester enlacés, son corps à lui était perlé de sueur ; ça ne la dégoûtait pas, mais sa tête avait glissé quand elle avait voulu la poser sur son épaule. Et elle avait ri. Alors, il avait ri aussi. Il avait eu l'air gêné et elle s'était levée. Elle était allée chercher un éventail, qu'elle agitait doucement pour le rafraîchir, agenouillée sur le lit à côté de lui. Elle aimait que rien ne la gêne.

Leur première nuit, pourtant, avait été déroutante, elle en gardait un très mauvais souvenir. Il faut peut-être préciser que ce garçon ne lui plaisait pas. Il lui arrivait rarement de coucher avec quelqu'un qui ne lui plaisait pas, mais ces derniers temps tout était différent. Il était doux, cultivé, très cultivé, et plutôt drôle. Il s'intéressait à elle pour ce qui lui semblait être de bonnes raisons. Il l'avait abordée à la fin d'un concert, un récital Satie qu'elle avait donné dans un bar. Elle jouait sans virtuosité mais jamais sans émotion. Il lui avait offert à boire, lui avait dit qu'il avait été touché par son interprétation. Elle avait bu quelques verres avec lui, avait accepté de le revoir, une autre fois. Elle l'avait trouvé moche. *Un cesso*. Elle étonnait toujours ses amis français quand elle leur expliquait qu'un boudin, en italien, c'était *un cesso*, la cuvette des toilettes. Ils trouvaient ça dur, mais ça les amusait. Plus elle le revoyait, plus elle l'appréciait : il était attentionné et gentil, il lui parlait d'elle, et plutôt bien. Mais elle voyait toujours son ventre trop mou, son menton un peu en avant, sa démarche sans grâce. Ce soir-là, chez lui, quand il l'avait embrassée, elle s'était laissé faire, tout en se disant que c'était une erreur. Alors, pour ne pas y penser, elle avait mis sa main dans son cou, l'avait embrassé plus fort, caressé un peu, lui avait donné tous les signes pour qu'il commence enfin à lui retirer ses vêtements. Elle était longtemps restée éveillée à côté de lui qui dormait, se demandant comment elle allait faire pour ne pas lui faire de peine. Au matin, elle avait filé, bredouillant une excuse quand il s'était réveillé et l'avait vue à la porte, qu'elle essayait d'ouvrir sans faire de bruit. Malgré cela, elle l'avait rappelé quelques jours plus tard, et ils s'étaient revus. Ils étaient ensemble. Elle essayait de ne pas trop penser à cette nuit-là, elle lui avait dit qu'elle s'en voulait d'avoir semblé aussi froide, ce qui était vrai, et aussi que c'était probablement à cause de sa situation actuelle qu'elle avait eu ce drôle de comportement, ce qui l'était moins. Elle avait fini par s'attacher à lui et maintenant elle le désire vraiment, son ventre un peu mou, c'est viril, après tout. Et ses épaules un peu voûtées lui donnent un air de grand garçon timide. Le plus difficile, c'est de trouver une bonne excuse à son menton. Ça, ce n'est pas encore possible. Hier soir, tandis qu'elle éventait son grand corps allongé sur le lit, il lui a dit que c'était la première fois qu'il faisait l'amour à une geisha italienne, et même à une geisha tout court. Il avait eu envie de manger des sushis, et elle était partie en chercher en pleine nuit. Une geisha, voilà un mot qu'il était inutile de traduire.

Le rendez-vous s'est bien passé, on n'a plus rien de mauvais à lui annoncer qu'elle ne sache déjà. Les résultats sont dans son sac, bien protégés, la pluie qui s'est mise à tomber soudain ne va pas les abîmer. L'opération va bien se passer, elle sera importante mais pas très risquée. En rentrant chez elle, il faudra qu'elle cherche bien tous les mots pour expliquer ce qui lui arrive à ses parents. Elle a déjà trouvé le principal *cistoadonema*. Pour le reste ce sera facile, mais elle sait qu'elle devra répéter cent fois *benigno, Mamma, benigno*. Elle est restée à Paris pour finir de faire ses analyses, mais l'opération, elle la fera chez elle. Malgré ce qu'on dit, on trouve tout de même de bonnes cliniques en Italie, ses parents paieront, ils en ont les moyens. Et la longue convalescence qu'on lui a annoncée sera plus facile près de sa terre et de sa famille. Tout cela est moins grave que ça n'aurait pu l'être. Pour l'instant, elle affronte ça toute seule. Seule, et un peu avec le garçon qui a dû rentrer chez lui à cette heure-ci. Elle est maintenant trempée, comme une soupe, lui avait-on appris. *Inzuppata*. Et même jusqu'aux os. Sa robe ne cache plus grand-chose, elle voit bien qu'on la regarde, elle entend même quelques commentaires, mais s'ils savaient comme elle s'en fout. Elle entre dans le bazar chinois, trouve un ventilateur qui lui convient.

Chez elle, le garçon n'est plus là. Elle pleure doucement, elle sait que les hoquets lui feraient mal, mais rien à voir avec le garçon. Juste un peu de fatigue, et de peur aussi, sans doute. Elle s'assied à son ordinateur, sort les résultats d'analyses de son sac, et commence à chercher les mots pour traduire son dossier. Entre deux recherches, elle envoie un mail : « Tu pourras revenir, si tu veux, j'ai acheté un ventilateur. »

En attendant le grand amour

Pendant des mois je n'ai connu que des bribes de cette femme : ses cheveux principalement, quand elle sortait la tête par la fenêtre pour ramasser son linge et qu'ils tombaient en rideau, m'empêchant de voir son visage; sa silhouette, que je devinais derrière les voilages; son bras, qu'elle laissait pendre dehors quand elle fumait; son dos, quand le matin elle profitait du soleil cognant sur la vitre, et même parfois ses pieds qui dépassaient par la fenêtre — j'ai su plus tard qu'elle aimait mettre son fauteuil près de la fenêtre et étendre ses jambes sur le rebord, pour faire bronzer ses mollets aux premiers beaux jours. Je ne l'avais jamais croisée dans les escaliers mais je connaissais sa voix, car elle passait de longues heures au téléphone avec ses amies. Je connaissais sa voix et aussi de nombreux détails sur sa vie qu'elle me livrait sans y faire attention. En écoutant ses histoires je me disais qu'il y avait des salauds, et je ne pouvais pas m'empêcher de penser que j'étais un gars bien. Elle avait emménagé en avril dans l'appartement qui jouxte le mien. Plus la température augmentait, plus notre cohabitation devenait difficile. Ève ne supporte pas le silence, et met toujours la musique très fort, ce qui m'embêterait moins si nos goûts musicaux n'étaient pas si éloignés. Elle écoute une musique que je ne comprends pas, et que je n'hésiterais pas à qualifier de bruit si je n'avais pas peur de passer pour un vieux râleur. À la limite, je pourrais comprendre qu'elle écoute ça pour faire du sport, ou le ménage, mais non, même en lisant — parfois elle lit un magazine — elle ne peut se passer de ce *boum boum boum* qui ne m'évoquera jamais autre chose qu'un immeuble en construction. Un an plus tard, je ne m'y suis toujours pas fait. Mais Ève est plutôt du genre conciliant, c'est une bonne nature, comme on dit, et elle comprend ma passion pour un tout autre genre de musique, d'autant, m'a-t-elle dit un jour, qu'elle n'aime pas vraiment la musique, elle ; enfin, pas autant que moi.

En plus des cours de musicologie que je donne à la fac, j'anime une émission sur une radio locale qui doit être suivie par quelques passionnés comme moi et des vieilles personnes, surtout des femmes je suppose, car, passé un certain âge et d'après les statistiques, il reste surtout des femmes. Mon émission s'appelle *Sur un air d'autrefois* — il paraît que je ne suis pas très doué pour les titres — et j'y passe une fois par semaine de la musique des années 30 à 50. À cette époque, il y avait de vraies chansons d'amour, peut-être aussi que les gens s'aimaient plus, avaient des sentiments plus forts, parce que la vie était différente. Maintenant, il n'est pas rare d'avoir dit « Je t'aime » à cinq ou six personnes dans sa vie, et on finit rarement ses jours aux côtés de son premier amour. Moi j'ai dit « Je t'aime » deux fois, et dans les deux cas j'ai eu à le regretter; la troisième fois, je n'ai pas eu le temps de le faire que tout était déjà terminé. Nos grands-parents n'ont pas connu ça, à cause de la guerre, je crois, et de la vie en général. Ce sont les miens qui m'ont indirectement transmis leur amour de la belle chanson française, celle où l'on aimait pour toujours, et donc souvent à mourir. Je ne les ai pas connus, ils sont morts pendant la Seconde Guerre mondiale, laissant derrière eux une orpheline et une inestimable collection de 78-tours, que ma mère a bien voulu m'offrir pour mes dix-huit ans, puisque mon travail estival m'avait permis de gagner assez pour m'offrir un phonographe Stradivox, qui trône aujourd'hui encore dans mon salon. Depuis j'ai passé inlassablement ces disques laissés par mes grands-parents, en rêvant au jour où moi aussi je connaîtrais cet amour-là. Ma mère parlait peu de ses parents, car des dizaines d'années plus tard le traumatisme de leur disparition était encore trop douloureux pour qu'elle puisse l'évoquer sans larmes dans la voix. Mais le peu qu'elle m'en disait me suffisait à imaginer leur vie héroïque. Je n'avais d'eux qu'une seule photo, un peu triste et désincarnée comme toutes les photos de cette époque, de cette couleur sépia qui ne s'est jamais vraiment démodée.

Le jour où Eve a frappé à ma porte, j'écoutais *Pluie*, chantée par Maguy Fred, comme je le fais souvent quand il pleut, et je réfléchissais à une prochaine émission sur le thème des crimes passionnels, où cette chanteuse morte sous les coups de son amant aurait eu tout naturellement sa place.

Je n'attends plus rien assise à la fenêtre
Je suis comme un chien qui a perdu son maître
Ah je voudrais bien voir le soleil paraître
Le soleil et mourir, et mourir.
Où es-tu ? J'écoute le chant têtu de la pluie.

Je ne l'ai pas trouvée immédiatement attirante, d'une part parce que mon genre de femme, c'est plutôt les beautés un peu hautaines, à la Dietrich, et d'autre part parce qu'elle avait un masque à l'argile sous lequel on devinait qu'elle tentait de grimacer, à cause de l'inconfort que cela semblait lui procurer, et probablement aussi de la gêne de se retrouver en vieux peignoir râpé devant un homme qu'elle ne connaissait pas.

« Vous avez de l'eau ?

— Euh, oui, mais pas au robinet bien sûr. Nous n'aurons pas d'eau encore quelques jours, je le crains. »

Elle tombait des nues. Elle n'avait pas vu le papier dans le couloir nous informant qu'en raison d'une fuite importante, l'alimentation en eau serait coupée dans l'immeuble jusqu'à la réparation. Le responsable du syndic, que j'avais croisé dans le hall d'entrée, m'avait avoué, penaud, que cela risquait de prendre plusieurs jours. Il y avait un robinet au sous-sol où nous pouvions nous approvisionner, faute de mieux, pour nos besoins quotidiens. Ainsi, il régnait une atmosphère de village au local à poubelles où nous faisions la queue avec nos bouteilles et nos seaux à remplir. Pour ma part, je ne détestais pas cette ambiance qui m'avait permis de rencontrer nombre de mes voisins, et de distinguer tout de suite les bonnes natures des râleurs. Ève s'était levée tard, et n'avait pas eu le temps de constater que les robinets étaient à sec. Comme tous les dimanches matin, elle s'était appliqué un masque à l'argile, qu'elle comptait rincer sous la douche. Elle n'avait pas d'eau chez elle : pas de bouteille au frigo, et ce qu'il restait dans sa bouilloire électrique, elle l'avait utilisé pour faire infuser un sachet de thé — elle en boit toute la journée, elle adore ça. Elle avait tenté de frapper aux portes des voisins, j'étais le premier qu'elle trouvait chez lui. J'avais rempli un seau et trois bouteilles, je lui ai donc offert de se rincer le visage dans la salle de bains. Elle a accepté et est ressortie quelques instants plus tard, le visage un peu rougi par le masque qui avait trop séché. Ce n'est qu'alors qu'elle s'est excusée pour sa tenue, et pour le dérangement, avec un petit rire que j'ai trouvé charmant. J'ai accepté ses excuses, et elle la tasse de thé que je lui proposais. Nous nous sommes assis dans la cuisine, moi en tenue du dimanche — un pantalon un peu large, confortable, et une chemise rose autrefois blanche que j'avais par mégarde lavée avec un t-shirt rouge — et elle en peignoir, un bandeau dans les cheveux et aux pieds d'affreuses pantoufles qu'elle portait comme des mules, en écrasant l'arrière sous ses talons. Elle riait beaucoup de cette situation, et moi aussi, de bon cœur. Elle était assez jolie sans son masque vert sur le visage, même si ce n'était toujours pas mon type, et surtout son impudeur dégageait quelque chose de terriblement attirant. En plein milieu d'une phrase, elle a regardé la pendule et elle s'est levée d'un bond, renversant au passage le peu du précieux liquide qu'il restait dans sa tasse, et qui de toute façon était froid. Elle met un temps fou à boire son thé, si bien que presque toujours elle le boit froid. Je ne comprends pas qu'on puisse le boire autrement que brûlant. Elle travaillait cet après-midi-là, et devrait être un peu en avance au salon pour prendre une douche, puisqu'elle ne pourrait pas le faire chez elle. Elle m'a remercié encore une fois de lui avoir sauvé la vie, alors que je lui avais juste permis de rincer son masque à l'argile.

Ce soir-là, j'ai rêvé d'elle ; un rêve érotique qui ne me ressemblait pas du tout.

Le lendemain, elle est venue frapper à ma porte à dix-huit heures, me proposant de boire un verre chez elle. Je n'avais aucune raison de dire non, et nous sommes restés à discuter très tard autour de quelques verres et d'un plat de pâtes trop cuites. Le lundi et le mardi, elle ne travaille pas, ce qui l'arrange, car elle aime bien être libre quand les autres travaillent, et qu'elle ne saurait pas quoi faire de ses dimanches, de toute façon, comme les magasins sont fermés. Son appartement était minuscule et mal rangé. Je n'osais pas imaginer à quoi il aurait ressemblé sans ma visite, je supposais qu'elle avait tout de même essayé d'y mettre un semblant d'ordre. Elle avait replié le canapé-lit, bien entendu, et j'ai remarqué qu'il était contre le mur de l'autre côté duquel se trouvait mon lit. J'étais très troublé par l'idée qu'elle dormait à quelques centimètres de moi, un peu grisé je le lui ai dit. Elle a répondu que c'était marrant, oui, qu'elle toquerait au mur pour me dire bonne nuit, et qu'elle espérait que la musique ne me dérangeait pas trop ; elle savait qu'elle avait tendance à la mettre un peu fort, même le soir. Je n'ai pas osé lui dire que le bruit me dérangeait effectivement, elle était trop touchante quand elle penchait la tête sur le côté en minaudant ostensiblement. Il était un peu tard et, n'étant pas habitué à boire, je craignais de dire des bêtises, alors je l'ai remerciée pour ce bon repas et je me suis levé pour rentrer chez moi. Elle devait être un peu grise elle aussi, elle m'a dit : « Sois prudent sur la route » en pouffant, avant de m'embrasser sur la joue. Elle sentait la vanille, une odeur que j'ai toujours trouvée assez vulgaire, mais qui sur sa peau, étrangement, m'excitait.

Une fois dans mon lit, je me suis collé contre le mur pour m'endormir, en l'imaginant de l'autre côté, certainement peu vêtue car il faisait très lourd. J'entendais le *boum boum boum* qui provenait de sa fenêtre ouverte, ça me berçait. J'ai sursauté quand, comme promis, elle a cogné contre le mur. Elle riait probablement de ce rire un peu alcoolisé qu'elle avait eu en me disant au revoir.

Nous nous sommes revus tous les soirs à partir de ce jour-là, nous trouvions toujours un prétexte : elle n'avait plus de sel, ou bien j'arrosais les plantes sur le rebord de ma fenêtre quand je voyais qu'elle fumait à la sienne, et j'en profitais pour l'inviter à boire un thé, ou une tisane s'il n'était plus l'heure de boire du thé.

« Je finis ma cigarette et j'arrive. Mais, je te préviens, je suis en pyjama.

— Oh, tu sais, entre voisins... »

Deux minutes plus tard, elle était assise en tailleur sur mon grand canapé, les cheveux tenus par une pince en plastique, ses orteils vernis n'arrêtaient pas bouger. Elle me racontait ce qui s'était passé au salon dans la journée, la cliente qui avait pleuré parce qu'elle regrettait d'avoir fait couper ses cheveux si court; ce n'était pas en soi très intéressant, mais sa façon de le raconter était très amusante. Malgré tous mes a priori, je la trouvais très drôle. Je ne savais pas d'où lui venait cette fantaisie qu'elle mettait en toute chose : elle ne lit jamais et ne regarde que des comédies romantiques. Je devais me lever souvent pour changer de disque, car elle m'avait dit qu'elle ne supportait pas le silence, même quand elle parlait.

« À te voir, comme ça, on dirait pas que t'écoutes que des vieilles chansons d'amour. »

Je lui ai parlé de mes grands-parents, elle m'a dit qu'elle trouvait ça mignon, et qu'elle ne savait même pas si les siens écoutaient de la musique.

Il était tard, l'heure d'aller se coucher, je cherchais quelque chose d'amusant à lui dire sur le pas de la porte, mais je n'ai rien trouvé, je l'ai juste regardée s'éloigner à petits pas bondissants dans le couloir. Je suis sûre qu'elle savait qu'elle était magnifique dans ce pyjama qu'elle disait vieux et informe. Oui, nos lits sont disposés de part et d'autre du même mur, mais nos deux appartements sont séparés par un long couloir, et nos deux fenêtres perpendiculaires. C'est pour ça que je la vois un peu, par la fenêtre, sans la voir vraiment tout à fait.

Comme d'habitude, elle a frappé quelques coups contre le mur pour me dire bonne nuit, je n'aurais plus pu m'endormir sans ça.

Au bout d'un mois, nous étions amis, bien que nous n'ayons pas vraiment grand-chose en commun. Je savais tout d'elle, tout ce qu'elle avait bien voulu me dire, c'est-à-dire un peu trop à mon goût. Je feignais l'étonnement bien souvent; j'avais déjà presque tout entendu malgré moi par la fenêtre ouverte. Elle me parlait de ses histoires d'amour malheureuses, elle a continué à le faire par la suite, bien que je lui aie dit plusieurs fois que je préférais ne pas l'imaginer dans les bras d'autres hommes. Elle insistait sur le fait que ça faisait partie d'elle, et qu'il fallait que je sache tout ça si je voulais la comprendre. J'aurais peut-être dû l'écouter.

Nous avions alors l'intimité d'un vieux couple tout en étant sous le joug d'un désir pas encore assouvi, mais que nous cherchions de moins en moins à dissimuler. Nous avions déjà pris de nouvelles habitudes : j'achetais du jus d'orange parce qu'elle aimait ça, elle m'invitait chez elle pour regarder la télé quand on passait un vieux film, parce que je n'ai pas de téléviseur. Un vieux couple, avec toutes ces charmantes attentions qui rendent la vie plus douce.

Puis vint le jour de son anniversaire, elle me l'a dit trop tard, je n'avais pas prévu de cadeau, j'étais gêné mais elle s'en moquait. Je tenais à ce que nous le fêtions tout de même, alors j'ai filé chez l'épicier pour acheter à prix d'or du champagne et un dessert glacé à la framboise — elle adore la framboise. Quand le dessert a été mangé et le champagne bu, elle s'est mise à sourire bêtement, les yeux mi-clos. Ses orteils bougeaient à toute vitesse, et je savais alors ce que cela signifiait : certaines se mordillent les lèvres quand elles veulent dire quelque chose ; elle, ses orteils se mettent à gigoter.

« Tu crois… tu crois qu'on va se regarder longtemps, comme ça, en chiens de faïence ? Ça fait un moment que j'attends que tu m'embrasses.

Quand je frappe au mur le soir pour te dire bonne nuit, j'espère toujours que tu vas venir frapper à ma porte. Et tous les soirs quand on se dit au revoir, je me dis que c'est encore pas pour cette fois. »

J'étais soufflé. J'avais connu des femmes, tout de même, je ne suis pas un gamin, mais là...

Je me suis levé et je lui ai pris la main avec, je crois, une certaine maladresse pour l'entraîner dans ma chambre. Elle n'a pas voulu que j'éteigne la lumière, mais m'a dit que je pouvais tirer les rideaux, si je voulais. Elle a presque dix ans de moins que moi, mais c'était comme si elle me dépucelait. J'essayais de ne pas trop penser aux hommes avec qui elle avait appris tout ça. Le disque était terminé, et le même bout de phrase se répétait sans cesse. J'ai voulu me lever pour le tourner, mais elle m'a dit de laisser faire, que du moment qu'il y avait du bruit, ça lui allait très bien.

Après, elle m'a demandé d'éteindre la lumière et a dit pour plaisanter qu'elle voulait dormir là si ça ne m'embêtait pas, parce qu'elle habitait loin. J'ai commencé à me demander au bout de combien de temps j'allais me lasser de ces blagues. Je l'ai embrassée sur le front, j'ai dit : « Bien sûr », puis je suis allé ranger le disque qui tournait sur le phonographe. Quand je suis revenu, elle dormait déjà. J'ai mis plus de temps qu'elle à m'endormir, je regrettais ce qui venait de se passer, non pas que ce fût désagréable, bien au contraire, mais je craignais de ne pas l'aimer assez. Malgré la complicité immédiate qui nous avait rapprochés et le fait que ses façons m'amusaient, elle était trop différente de moi, et des rares femmes que j'avais aimées. Je rencontre plutôt des profs, ou des artistes, parfois des professions libérales, ou des documentalistes et même une inspectrice des impôts avec qui j'avais un jour dîné au restaurant mais que je n'avais jamais rappelée. J'ai soupiré pendant deux ans pour une prof de chant avec qui je ne suis resté que quelques mois, le temps qu'elle me trouve d'un ennui mortel et me quitte pour le chef d'un orchestre de sous-préfecture. Il y avait eu, aussi, cette avocate qui ne jurait que par le cinéma asiatique et s'était moquée de moi quand j'avais confondu un réalisateur chinois avec un autre, coréen. Ève n'était peut-être pas très cultivée, mais ça ne l'empêchait pas d'avoir un esprit vif, et d'être d'une incroyable gentillesse. Je l'aimais beaucoup, mais rien chez elle ne forçait mon admiration. Je nous voyais déjà condamnés à un bonheur paisible et, sans oser le formuler en ces termes, je me disais que je valais mieux que ça. Je pouvais enfin vraiment enfouir mon nez dans son cou. Elle sentait toujours la vanille, je trouvais toujours cela aussi vulgaire, et ça m'excitait toujours autant. Je me suis endormi en me disant qu'elle sentait bon, et que la douceur de sa peau et de son caractère m'irait très bien, en attendant le grand amour.

Le lendemain fut assez naturel, nous nous voyions déjà tous les soirs depuis un mois, la seule nouveauté c'était la lumière du matin sur nos visages fatigués, ça ne me dérangeait pas. Après le déjeuner elle est allée se doucher chez elle puis elle a filé au salon, où elle est arrivée un peu en retard, comme je le sus le soir quand nous avons dîné ensemble. Les habitudes s'installaient de mieux en mieux, si bien que très vite nous avons habité chez moi, sans l'avoir clairement décidé. Mon appartement était plus grand, cela s'est fait tout naturellement. Elle rentrait toujours se doucher chez elle, nous gardions un semblant de distance. Elle disait que ça faisait bourgeois d'avoir chacun sa salle de bains. Et puis elle ne tenait pas plus que ça à ce que je la voie à nouveau avec un masque à l'argile sur le visage. J'étais d'accord avec elle.

Les mois ont passé et ce bonheur paisible qui me faisait si peur a fini par s'installer, sans que j'y trouve rien à redire. Petit à petit, j'abandonnais l'idée du grand amour aux idiots prétentieux dont j'étais autrefois. Je commençais même à trouver un peu bêtes des chansons que j'avais toujours aimées. J'avais mis du temps à me procurer certains enregistrements rares pour mon émission sur l'amour passionnel, que j'avais bêtement intitulée « L'amour à mort », après avoir un peu hésité avec « Mourir d'amour », mais, maintenant que j'avais tout rassemblé, j'avais envie de changer de sujet. Finalement, j'ai préféré préparer une émission sur le thème du bonheur conjugal, que j'ai intitulée : « Le grillon du foyer » à cause d'un livre de Dickens que j'avais lu enfant.

J'ai aussi décidé de cesser de mentir sur l'histoire de mes grands-parents. Ils sont bien morts à la guerre, mais fusillés par des résistants, comme me l'ont appris des recherches effectuées quand j'étais encore inscrit en première année de fac d'histoire. Je n'avais pas voulu l'admettre alors, et cela n'avait que renforcé la légende que ma mère avait inventée pour moi. Je ne lui ai jamais dit que je savais la vérité et, si j'avais continué à collectionner les 78-tours, j'avais quitté la fac d'histoire pour m'inscrire en musicologie. Je me demande à présent comment j'avais pu finir par y croire moi-même, à ça comme à tout le reste.

La semaine dernière, j'ai vu que les voisins d'en face semblaient préparer un déménagement. Je les connais vaguement, j'ai déjà eu l'occasion d'aller chez eux, où j'avais été invité après une réunion de quartier. Leur appartement est spacieux, plus que le mien ; je suis allé leur demander s'il y avait déjà un repreneur. La chance semblait me sourire : l'appartement n'était pas encore reloué, le propriétaire était un ami, ils allaient me mettre en contact avec lui. Cela fait un an qu'Ève et moi vivons ensemble dans deux appartements contigus, j'ai pensé que le moment était venu de sauter le pas, même si en réalité cela semblait plutôt être une suite logique. J'ai rencontré le propriétaire hier matin, j'avais pour moi un très bon dossier, la signature a été immédiate.

Sur le chemin du retour, j'ai acheté une bague, une très belle bague, qui m'a coûté l'équivalent d'un mois de salaire. Pour la taille, je n'en savais rien, le bijoutier m'a assuré qu'il l'ajusterait sans problème.

On ne fait pas tous les jours sa demande en mariage, alors j'ai voulu inventer quelque chose d'original. J'ai eu beaucoup de mal à cacher mon émotion toute la soirée, mais j'ai tenu bon jusqu'à ce matin.

Ce matin, Ève m'a abandonné un peu plus tôt que d'habitude pour aller se faire un masque à l'argile dans son petit studio, où nous ne nous retrouvons plus guère, puisque mon appartement est tout de même plus confortable.

J'étais particulièrement enjoué en préparant le petit déjeuner, j'ai mis tout de suite un disque et fredonné en écoutant Lucienne Boyer roucouler *Un amour comme le nôtre.*

Chérie, méfie-toi des mirages…
Tiens, regarde notre intérieur
Des livres, des chansons, des fleurs
Et mes deux bras pour te bercer…
Et mon cœur pour toujours t'aimer…

Ève a filé comme d'habitude après le déjeuner. Je lui ai laissé quelques minutes, afin de la surprendre un peu plus tard. Puis j'ai pris le double de ses clefs, dont je lui ai fait croire que je les avais égarées quand hier elle me les a demandées — elle devait héberger une amie.

Mon plan était simple : entrer chez elle, couper

l'eau et attendre qu'elle sorte de la salle de bains, son masque sur le visage, pour sortir la bague et lui annoncer que nous allions non seulement nous marier, mais aussi déménager. Je ne craignais pas qu'elle m'entende entrer puisqu'elle écoute toujours sa « musique » aussi fort.

J'ai tout de même tourné la clef délicatement. Elle n'avait pas de masque à l'argile sur le visage, il y avait des cartons partout, et ses affaires dedans, en grande partie. Elle avait son vieux bandeau dans les cheveux, pour ne pas les salir, je suppose.

Elle a laissé tomber une tasse, qui ne s'est pas cassée.

« C'est plus solide qu'on croit, hein ?

— Qu'est-ce que tu fais ? »

Ses valises, elle faisait ses valises, elle m'a dit qu'elle avait essayé de m'en parler plusieurs fois, mais qu'on ne pouvait pas parler avec moi, que je n'écoutais rien. Qu'elle savait bien que c'était pas très sympa de faire ça, mais qu'elle n'avait pas d'autre solution. Que je décidais tout pour elle, comme si elle avait dix ans, qu'elle aurait aimé pouvoir choisir un film de temps en temps et écouter autre chose que des vieilles chansons, que le parfum que je lui avais offert sentait la vieille bourgeoise et que oui, j'étais adorable, mais étouffant.

J'espérais qu'elle ne noterait pas le renflement dans ma poche, je me suis demandé ce que j'allais faire de cette bague, de ce nouvel appartement, et de mon cœur brisé. Je me suis excusé sans répondre quand elle m'a demandé pourquoi j'étais entré chez elle comme ça, avant de lui rendre ses clefs.

Je suis rentré chez moi et j'ai fermé la fenêtre pour ne plus entendre le *boum boum boum* qui provenait de l'appartement d'à côté.

L'eau du bain

Ça doit bien faire vingt ans qu'elle n'a pas pris un bain, mais demain les travaux commencent, on va enlever la baignoire et poser une douche. Alors ce soir elle prend un bain, vu que c'est encore possible. Elle a toujours préféré la douche, c'est plus rapide, plus économique et puis, un jour, de l'eau, il n'y en aura plus, on l'a dit à la radio et à la télé. Elle n'a jamais éprouvé la volupté du bain, le plaisir de la mousse ; elle ne sait pas abandonner son corps fourbu aux délices de l'eau chaude. Elle pense à toute cette eau gaspillée, et puis elle s'ennuie. Ce n'est pas facile de ne rien faire. Quand elle a emménagé dans cet appartement, elle a trouvé dommage que la salle de bains soit aussi grande, c'était de la place perdue. Et puis cette baignoire… mais bon, ça fait plaisir à ses enfants, quand ils viennent passer quelques jours chez elle. C'est surtout Cécile qui adore prendre des bains, elle qui n'a pas de baignoire dans son petit appartement et s'en plaint souvent. Dès qu'elle passe la porte, sa mère lui dit qu'elle a mis le chauffage dans la salle de bains et acheté du bain moussant, celui à la pêche, comme elle aime. On pourrait dire qu'elle a passé sa vie à acheter du bain moussant à la pêche, à acheter la bonne marque de yaourt, à modifier ses recettes au gré des exigences de chacun, à garder des articles de journaux, à mettre de côté les flacons de parfum vides pour la fille d'une collègue, à... Toute une vie comme ça, sans que personne n'y fasse vraiment attention.

Là, dans son bain, elle attend qu'il se passe quelque chose, mais bien sûr il ne se passe rien, la peau de ses doigts n'est pas fripée, elle n'est pas restée assez longtemps pour ça. Elle a laissé la télé allumée dans la pièce d'à côté, pour ne pas rater le début de sa série. Elle a écouté les infos, de loin, puis la météo présentée par ce type sympa. Elle l'aime bien, elle se dit qu'elle pourrait le croiser en bas de chez elle. Elle se dit aussi que c'est un peu bête de prendre un bain par un temps pareil. Il y a déjà eu un bel orage ce matin, et un autre au début de l'après-midi, elle a été bien inspirée de ne pas laisser son linge sur le balcon. Juste après la météo, il y aura un peu de pub, puis la série, alors il serait peut-être temps de sortir de ce bain ridicule, l'eau est un peu froide maintenant. C'est presque agréable, par cette chaleur. Elle aurait dû prendre un livre ou un magazine, parce qu'elle commence à trouver le temps long. Elle devrait essayer de méditer, comme on le lui apprend à la gym, une fois par semaine. À la fin de chaque séance, la prof leur fait faire dix minutes de relaxation, il faut bien prendre conscience de son corps. Elle y arrive presque à présent mais ça a pris du temps. Au début, elle ne prenait conscience que de la partie de son corps qui lui faisait mal à ce moment précis, après avoir été trop violemment sollicité par les exercices. Et quand il était question de méditer, alors là... C'est impossible de ne penser à rien, même quand on n'a pas particulièrement de soucis. Au début, elle faisait des listes, pendant ce temps précieux qu'elle perdait, allongée bêtement sur le sol froid de la salle polyvalente. Les choses à faire dans le week-end, le nombre de boîtes qu'il restait pour le chien — fallait-il en racheter? — les papiers en retard, sa tante à appeler, les vitres à faire, le peintre qui ne lui avait toujours pas envoyé de devis pour le salon. Et puis un jour, elle était vraiment fatiguée, épuisée de courir tout le temps, le travail, la banque, le chien, les courses pour la voisine du dessous qui à son âge ne sort plus beaucoup. La séance de gym avait été particulièrement fatigante : on leur faisait tenir une drôle de position, la tête en bas, et les bras bien toniques, c'est excellent pour le dos, appuyez bien fort contre le sol. Elle avait tenu en tremblant, elle s'était étonnée elle-même d'avoir réussi cet exploit. Ce jour-là et pour la première fois, elle n'avait pas fait de liste pendant la séance de relaxation. Elle ne saurait pas dire si elle avait médité, mais enfin elle n'avait pas fait de liste. Il lui semblait n'avoir pensé à rien, mais pensé tout de même. Elle s'assoupissait légèrement, malgré la voix de la prof qui répétait : « Ne vous endormez pas, mais détendez-vous. »

Elle n'a jamais enlevé le bouchon pour vider un peu la baignoire avant de rajouter de l'eau brûlante et prolonger le plaisir et ne pas sortir tout de suite. Le tuyau est bouché, alors le niveau de l'eau ne baisse pas très vite. Il faudra qu'elle mette du Destop avant les travaux. Elle en a acheté, elle le mettra juste après son bain. Elle a pris des bières aussi, pour les ouvriers.

Cette pêche artificielle, c'est un peu écœurant, en tout cas ça ne sent pas vraiment la pêche. Elle connaît bien l'odeur de la pêche, elle essaie de s'en souvenir, de cette odeur d'enfance et d'herbes folles, des jambes nues fouettées par les ronces, du Mercurochrome sur les genoux écorchés et du bisou qui soigne. Elle a cru la retrouver tout à l'heure, en arrangeant ses plantes sur le balcon : des pots de terre humide montait ce parfum familier, en moins bien, mais elle s'en était contentée. Et puis elle a fait ce truc un peu fou qu'elle fait depuis quelques années maintenant : elle a allumé une cigarette. Elle avait arrêté quand elle attendait son premier enfant et, comme le deuxième avait suivi assez vite, elle n'avait pas eu le temps de recommencer. Ça n'avait pas été difficile d'arrêter : avec les enfants, tout venait naturellement. Son mari parlait de ses envies « bizarres » quand elle était enceinte, mais elle savait que ça n'avait rien de bizarre de vouloir du poisson au saut du lit, que c'était simplement son corps qui savait ce qui était bon pour le bébé à ce moment-là. Elle savait aussi comment faire pour que l'enfant cesse de pleurer, elle savait le tenir, elle n'avait pas besoin des conseils des infirmières pour manipuler cette nuque délicate. Elle aurait presque pu faire les ordonnances elle-même quand l'un des deux était malade. Elle n'avait jamais eu besoin de placer une machine dans la chambre du bébé pour savoir qu'il était réveillé. Même accoucher, c'était facile. Dans les films, elle déteste quand on voit les femmes couvertes de sueur hurler de douleur à cause des contractions : c'est faux, ça ne se passe pas toujours comme ça. Elle avait eu mal au ventre, bien sûr, mais elle n'avait presque aucun souvenir de cette douleur-là. Pas plus qu'elle n'avait de souvenir d'un quelconque manque de nicotine quand elle avait arrêté la cigarette.

Ensuite l'odeur du tabac dans le cou de son mari lui suffisait. Presque trente ans sans fumer et puis un soir, peu de temps après son divorce, elle avait acheté machinalement un paquet de ses cigarettes à lui. Quand elle l'avait posé sur le siège passager avec le programme télé et le loto pour la voisine, elle l'avait regardé avec étonnement. On aurait pu appeler ça un acte manqué, mais elle ne se posait pas ce genre de questions. Elle n'avait pas démarré tout de suite, elle ne gênait pas, de toute façon, et il y avait plein de place dans la rue, on était au mois d'août. Elle avait appuyé sur l'allume-cigare, ouvert les vitres, et aspiré à nouveau la nicotine et le goudron. Elle ne s'était pas inquiétée de savoir si elle allait reprendre, elle avait regardé la rue presque vide, hormis un ou deux passants. Ensuite, elle avait éteint sa cigarette dans le cendrier, on ne jette pas ses mégots dans la rue. Depuis elle fume une cigarette par jour, sauf le dimanche, où elle ne fume pas du tout. Tout à l'heure, sur son balcon, en regardant le ciel se couvrir à nouveau de gros nuages, elle s'en est allumé une, et a avalé sa salive de travers, presque en même temps. Elle a toussé et recraché la fumée par le nez, retrouvant quarante ans plus tard le goût de sa première cigarette, celle qu'on n'a pas aimée mais qu'on a fumée quand même, avec l'excitation de l'interdit, celle qui donne un peu la nausée, et fait parfois vomir pour de vrai. Personne ne sait qu'elle fume, elle garde ça pour elle ; dans la presse féminine qu'elle achète en plus du programme télé on appellerait ça son jardin secret.

Son fils viendra bientôt, dans un peu moins d'une semaine, six jours exactement. Il n'est pas venu depuis trois mois, mais elle ne lui en veut pas, elle ne fait même pas semblant de ne pas lui en vouloir ; elle est toujours heureuse quand il vient, les jeunes ont d'autres choses à faire. Il a promis d'amener son petit ami. Guillaume ne lui a encore jamais présenté de garçon. Elle a connu

Élodie, la bonne copine qu'il emmenait aux repas de famille pour donner le change. Ça, ils y avaient cru. Quatre ans, tout de même. Mais quand Élodie est tombée enceinte il a bien fallu que Guillaume dise la vérité. L'idée lui était venue à l'esprit d'amener Élodie et son petit ventre de quatre mois chez ses parents pour Noël. Elle avait catégoriquement refusé. Elle lui avait dit qu'elle en avait assez de jongler entre ses propres parents et ses deux belles-familles. Il fallait qu'il leur parle, il était leur fils, ils comprendraient, avait-elle affirmé avec dans la voix, déjà, les inflexions d'une mère. Guillaume avait protesté pour la forme, mais il était fatigué de mentir. Il était venu déjeuner seul un dimanche, à l'improviste. Il savait que le déjeuner serait servi à midi et demi, ou à midi trente-cinq, juste après le journal des sports. En chemin il s'était demandé quand il allait leur dire. Comment, il le savait, même si finalement il ne s'était plus souvenu de la phrase exacte au moment voulu. Mais il ignorait encore s'il le dirait en arrivant, avant de se mettre à table, quand son père proposerait un apéritif qu'il faudrait boire rapidement parce qu'il était l'heure de manger; ou s'il allait attendre la fin du repas. L'odeur du poulet rôti qui le saisit quand sa mère ouvrit la porte finit de le décider. Elle l'avait serré dans ses bras et s'était étonnée de ne pas voir Élodie avec lui. « Elle corrige ses copies », lui avait-il dit avant qu'elle ne formule la question. « C'est Guillaume ! » avait-elle lancé à l'intention de son mari, pas trop fort, pour ne pas le déranger pendant son émission. Elle avait entraîné Guillaume à la cuisine, en lui demandant s'il avait très faim. Elle avait ajouté une assiette et un couvert, en le pressant de questions sur son travail, auquel, du reste, elle ne comprenait pas grand-chose. Le son de la publicité un peu plus fort et, par-dessus, la voix de son père : « Guillaume, viens servir l'apéro ! » Une fois les verres vides on était passés à table, où on avait parlé sport. Après le pâté, le poulet rôti, les pommes de terre, et le fromage, on avait pris un café. C'était le moment d'expliquer la vraie raison de l'absence d'Élodie et la nature de leur relation. Et, comme prévu, son père n'avait pas compris. Il était devenu blanc. Après s'être essuyé la bouche avec sa serviette, il but un verre d'eau en continuant à regarder son fils dans les yeux.

« Tu me dégoûtes, sors d'ici. Et pas la peine de revenir, t'es plus mon fils. »

Il avait dit ça, il avait vraiment dit ça. Elle a

écouté distraitement le reste de leur échange, d'ailleurs Guillaume s'est vite levé en déclarant qu'il n'avait rien à ajouter et qu'il espérait les voir changer un jour. Alors pour la première fois, elle a donné son avis. Elle n'avait jamais fait remarquer qu'elle aurait aimé aller au cinéma plus souvent, pas plus qu'elle n'avait protesté quand, en vacances en Espagne, il avait fallu aller visiter le musée du Barça. Qui savait que le dimanche midi elle aurait aimé parfois déjeuner au restaurant?

« Tu n'as pas le droit de dire ça, Michel, ça reste ton fils, quoi qu'il arrive.

— Quand je pense que t'as été foutue de me faire un pédé. »

Guillaume a quitté la pièce, sa mère l'a accompagné jusqu'à la porte, l'a embrassé et lui a dit : « Je t'appelle. »

Elle l'a rappelé le soir même, elle était en bas de chez lui. Elle s'est demandé si le jeune homme qu'elle venait de croiser dans l'escalier et dont il lui avait semblé qu'il la dévisageait sortait de chez son fils. Elle ne posa pas la question. Elle avait tenté de raisonner son mari sans succès tout l'après-midi et voyant que c'était peine perdue elle avait fait ses valises.

La suite avait été compliquée et le divorce

moins rapide qu'elle ne l'espérait. Dans son entourage, personne ne semblait comprendre, à part ses enfants, peut-être. Mais elle est allée jusqu'au bout, et elle a emménagé dans ce petit appartement où enfin elle est libre de faire ce qu'elle veut, et où elle peut recevoir Cécile et Guillaume, quand ils ont envie de venir la voir. Et de faire poser une douche, si elle préfère avoir une douche. L'an prochain, si elle a assez économisé, elle se ferait bien fabriquer un bureau sur mesure, un grand bureau avec un fauteuil confortable, qu'elle placerait dans le salon. Elle s'y installerait pour faire ses papiers, ce serait mieux que la table de la cuisine.

Le bruit du siphon, la baignoire est vide, le générique de sa série commence, elle rince l'émail rapidement. La vie est quand même bien faite.

Dégrisement

Tout droit, puis deuxième à gauche, puis passer devant la petite mercerie, puis à droite. Une fois arrivé au square, il devrait pouvoir avancer machinalement sans compter les rues et chercher des repères, malgré l'alcool. Ah, la vie est belle parfois, même sous la pluie, même avec l'eau qui entre dans ses chaussures en faisant un bruit que lui seul croit entendre à chacun de ses pas. Dans ses écouteurs, une chanson vient de s'achever. Il ignore ce qui va suivre, il laisse toujours le hasard décider pour lui, ainsi il arrive même qu'il tombe sur des morceaux qu'il déteste, qui sont dans son lecteur parce qu'on lui a dit : « Tiens, écoute ça », et qu'il n'a jamais pris le temps d'effacer. Mais cette nuit tout est parfait, jusqu'à la musique qui lui tombe dans les oreilles. On pourrait la trouver triste, il la trouve douce. C'est beau d'avoir vingt ans et des projets devant soi, d'avoir quitté sa petite ville où rien n'arrive pour se frotter un peu à la capitale. Errer de fête en fête au hasard des rencontres et des invitations. Des nouvelles têtes toujours qui remplacent sans broncher les anciennes — il les a trop vues. C'est un garçon sociable, on dit ça, et qui sait s'amuser. Ça oui, il sait, parfois il boit un peu trop et le regrette le lendemain. Il ne le regrette pas encore et puis d'ailleurs il ne va peut-être pas rentrer tout se suite, il n'est pas ivre encore vraiment, juste un peu gris, il sent déjà les effets de l'alcool s'atténuer. On lui a parlé d'une soirée, il pourrait y passer.

Il a enchaîné les verres, assis en face de cette fille qui buvait du jus de fruit sans arrêter de parler. Il se demande combien de bières il a bues, même si ce n'est peut-être pas forcément une bonne idée de compter. Est-ce qu'il boirait moins s'il ne prenait que des demis, ou bien est-ce qu'il aurait simplement un peu plus honte ? C'est comme les cigarettes : il avait essayé les paquets de dix, c'était tellement ridicule. Alors il avait arrêté. Elle, ce soir, elle avait fumé clope sur clope. Il lui avait dit qu'il avait arrêté et elle n'avait pas demandé plus de détails. Elle est très jolie. Enfin, très jolie… elle a une drôle de tête, en fait. Elle est même carrément moche, quand elle ne sourit pas. Pas seulement quand elle a l'air triste (parfois, sans qu'on comprenne pourquoi, elle a l'air triste, d'un coup, ça ne dure jamais longtemps). Mais quand elle sourit c'est la plus belle fille du monde, ou pas loin. Il n'avait jamais vu ça avant. Et puis elle a un corps incroyable. Il ne l'a pas vue nue, pas encore, ça ne va peut-être pas arriver — mais ça pourrait arriver —, cependant il l'a bien regardée quand elle s'est levée, dans sa robe rouge à gros motifs sous laquelle on imaginait son ventre se soulever au rythme de sa respiration. Elle roulait des hanches, il avait eu envie de les attraper à pleines mains. Il se demande un peu quand même si c'est bien à lui qu'elle souriait, parce qu'il l'a vue faire un peu le même sourire au serveur qui leur a apporté leurs verres. Ça ne fait rien, elle lui plaît comme ça. Et puis, elle n'arrête pas de sourire et lui aussi, bêtement, depuis qu'ils ont quitté le bar, même depuis que l'orage a éclaté. D'ailleurs il ne court pas s'abriter, il le trouve romanesque, cet orage, ou bien il est tout simplement dans cet état un peu niais dans lequel vous laissent les premiers rendez-vous. Dès qu'il sera à l'abri, il lui enverra un message, en attendant il reformule dans sa tête ce qu'il va bien pouvoir lui dire, pour lui faire comprendre qu'il aimerait la revoir, sans trop se dévoiler, cela dit, en restant amical, car après tout c'est amical pour l'instant.

Il en a oublié de tourner au bon endroit, il a continué tout droit, et il se retrouve presque en bas de son ancien appartement, celui où il s'est installé juste après ses études. Le quartier est plein de filles qui attendent le client, elles se sont collées aux devantures des magasins pour s'abriter en attendant que l'orage passe. Elles lui ont toujours fichu une tristesse gluante, ces filles. Il les voyait même de sa fenêtre à l'époque, il se souvient à présent de ce jour où il était bon d'avoir vingt ans et où il avait fumé une cigarette à sa fenêtre pendant qu'une fille qu'il aimait dormait dans son lit. Encore poisseux d'une sueur qui n'était pas seulement la sienne, en caleçon, il avait regardé les filles en bas et il n'avait pas pu s'empêcher de penser qu'elles faisaient dix fois par jour ce qu'il venait de faire, mais autrement, mais mal, mais en serrant les dents pour ne pas vomir, certainement. C'était en grande partie pour ne plus voir ça qu'il avait quitté ce quartier, même s'il l'aimait pour d'autres raisons. Et puis, il lui fallait plus grand. *Plus vieux métier du monde*, quelle expression idiote, se dit-il en les observant du coin de l'œil. Le plus vieux métier du monde, c'est certainement soldat. Lui, ce n'est pas un soldat, il n'a jamais aimé se battre, il n'en a jamais compris l'intérêt. Une bagarre, une fois, à l'école primaire, pendant laquelle il avait eu peur de se faire casser les lunettes. Lui, ce n'est pas un soldat, c'est le gars qui rapporte les sacs à main à leurs propriétaires. C'est ce qu'il a fait aujourd'hui et, comme chaque fois, il a été heureux de rendre service.

La pluie l'empêche de voir nettement devant lui, mais il n'essuie pas ses lunettes, il a décidé qu'il aimait cette pluie, et ça en fait partie.

Il rebrousse chemin, il va aller jusqu'au métro, et là il décidera de rentrer ou de poursuivre la nuit ailleurs. Et s'il l'appelait? S'il lui proposait de la rejoindre là où elle est allée danser? Ce serait bien, et ça n'arrivera pas, ils ont bu un verre, c'est tout, ils le referont peut-être, à l'occasion — ou bien un déjeuner. C'est rien, un verre, même plusieurs verres ce n'est encore pas grand-chose. Il sent l'eau sur son crâne, au milieu, là où il n'a plus de cheveux du tout. Les autres sont rasés, c'est mieux comme ça, il est mieux sans cheveux plutôt qu'avec juste ce trou en plein milieu, ridicule. Ça le dégrise, cette douche. Étrangement, il a envie de fumer, ce qui ne lui était pas arrivé depuis six ans. Il avait arrêté parce que ce n'était déjà plus de son âge, c'était ce qu'il s'était dit. Il avait fait le calcul : tout cet argent gaspillé comme ça, c'était idiot. Et puis, avec le bébé en route, il ne fumait déjà plus dans la maison, et il s'était senti tellement bête, exilé sur son balcon, à se geler au mois de novembre pour un peu de nicotine dont l'odeur resterait sur ses doigts toute la soirée. Elle a bien fait de ne pas lui demander pourquoi il avait arrêté de fumer, il n'aurait pas voulu lui dire. Il n'avait pas envie de lui parler de ça, de sa femme, de ses filles, de son appartement en proche banlieue, accessible en RER, à quelques minutes de Paris, c'est comme si on était encore à Paris, au fond. Cet appartement qui n'aurait rien dû changer à ce qu'ils aimaient de leur vie, depuis lequel ils ne verraient plus les putes par la fenêtre et dans lequel les petites auraient chacune leur chambre. Maintenant, ils envisagent de faire construire, encore un peu plus loin. Il y aura un jardin, un petit jardin où planter quelques tomates, pourquoi pas ? Avec cette fille en robe rouge, à la beauté intermittente et au sourire qui finalement sonnait faux, il n'avait pas eu envie de parler plan d'épargne logement, à cause de sa façon de rouler des hanches, peut-être. Il avait voulu croire qu'il avait encore vingt ans, et que la vie est belle même quand il pleut, même quand demain il faudra se lever, la tête lourde et la bouche pâteuse pour aller changer la petite dernière avant d'aller au travail.

Sans s'en rendre compte, il a retrouvé son chemin. Il y est presque : le métro, la maison. Mais il doit bien y avoir quelque chose, quelque part, de la vie qui fourmille, quelques verres de plus, parler encore, rire sans trop savoir pourquoi, chercher dans cette soirée l'arrière-goût de celles d'avant, même s'il est un peu fade, ce serait déjà ça.

Sur son ventre

Il y a une heure très tôt le matin qu'on a toujours l'impression de voler, alors que personne ne vous l'envie ; ceux qui vont travailler aimeraient mieux rester couchés et les autres dorment trop bien pour vous envier quoi que soit, ou sont pressés de rentrer chez eux après une nuit d'agapes. C'est l'heure des retours de fête, celle où les noctambules prennent le métro avec les travailleurs du petit matin. C'est une heure que j'aime bien, d'habitude, mais pas ce matin.

Je n'avais pas besoin de partir aussi tôt, mais l'orage m'a réveillé avant l'aube et ensuite impossible de me rendormir. Je ne voulais pas risquer de réveiller Christel, alors je me suis levé. Elle a beau avoir le sommeil lourd, j'aurais fini par la déranger.

Mon rendez-vous n'était qu'à huit heures et

demie, je suis sorti de la maison un peu après six heures. Le soleil n'avait pas fini de se lever mais le ciel à présent dégagé se teintait d'un rose baveux. L'orage ne semblait pas vouloir revenir. Le bitume était encore luisant, il y avait de petites flaques par endroits sur le trottoir mais je voulais garder mes chaussures en toile, il suffirait de les éviter. J'aurais pu prendre le métro, mais je serais arrivé au laboratoire beaucoup trop tôt, et puis j'avais besoin de me calmer ; j'ai décidé de faire le chemin à pied, je savais que ça me prendrait un peu plus d'une heure. Je me suis dit que je n'aurais qu'à marcher très lentement et prendre un café en arrivant, ou quand je trouverais un bar ouvert qui me semblerait accueillant. Ce n'est pas très facile de se promener les mains dans les poches quand on se rend quelque part où l'on n'a pas envie d'aller. Je n'ai pas mis de musique, je voulais entendre la ville se réveiller, les quelques oiseaux dans les arbres et les rares voitures. Finalement, j'ai mis un peu plus de temps que prévu, parce que je me suis égaré, mais j'avais tout de même presque une heure d'avance pour mon rendez-vous, alors j'ai acheté le journal et je suis allé prendre un café, pas trop près du labo. Je n'ai pas pu m'empêcher de penser aux revues porno qu'il y aurait dans la petite salle. Je les trouve insultantes.

J'ai cherché des bonnes nouvelles dans le journal et j'ai fini par en trouver deux : des otages libérés quelque part et une avancée dans le traitement du cancer du côlon. J'ai lu les deux articles très lentement pour prolonger un peu, puis il était presque l'heure de mon rendez-vous. J'ai laissé la somme exacte sur la table et je suis parti.

En entrant dans le labo, j'ai senti mon téléphone vibrer dans ma poche, c'était un message de Christel. « Tu étais déjà parti quand je me suis réveillée. Il ne fallait pas me laisser dormir, je serais venue avec toi. Je t'embrasse. » Elle dormait si bien, je l'avais laissée à ses rêves malgré ce qu'elle m'avait dit la veille. « Tu dormais si bien… ça va aller. À tout à l'heure. »

J'ai donné mon nom et la secrétaire médicale m'a indiqué la salle où je devais me rendre. J'ai répondu oui quand elle a demandé si j'étais déjà venu, ce qui ne l'a pas empêchée de me répéter le protocole et d'ajouter à la fin : « Vous avez des revues pour vous aider, si vous voulez. » L'habitude, sans doute.

Je me suis enfermé à clef dans la petite salle qui sentait la solution antiseptique, et je me suis préparé. C'est la troisième fois que je viens, et c'est toujours aussi humiliant. Je prends rendez-vous de très bonne heure, pour qu'il y ait le moins de monde possible, mais la secrétaire qui vous indique où aller, c'est toujours une femme et, oui, ça me gêne encore plus, même si je me doute bien qu'elle s'en moque, et qu'elle en voit d'autres, et que ça ne lui fait rien, à elle, de savoir que mes spermatozoïdes ne sont pas assez bons pour se passer des médecins et se débrouiller tout seuls. C'est Christel qui me l'a annoncé, le courrier était arrivé à la maison, je n'étais pas encore rentré du travail. J'ai cru qu'elle allait me quitter, et je l'aurais compris, je n'aurais pas pu lui en vouloir de chercher un homme qui en soit vraiment un. Je ne sais pas si j'aurais supporté tout ça, à sa place, peut-être que j'aurais baissé les bras et que j'aurais cherché une autre mère pour mes enfants, malgré tout l'amour que j'ai pour elle.

Christel, c'est une mère, je l'ai vu tout de suite. On était à une soirée chez des amis communs, et je me suis coupé en voulant faire le malin et ouvrir les huîtres, alors que je ne suis pas doué pour ça. Elle a pris ma main et l'a d'autorité mise sous l'eau, pour nettoyer la blessure. Puis elle s'est penchée pour voir ça de plus près ; elle est myope et ne mettait presque jamais ses lunettes avant que je ne lui dise à quel point je trouvais ça sexy. Après examen attentif, elle a déclaré que ce n'était rien en me tapotant sur l'épaule avec tant de naturel que j'ai cru qu'elle allait faire un bisou à mon doigt entaillé et me dire qu'on n'en parlait plus. Elle a sorti des pansements de son sac et en a appliqué un avant que les maîtres des lieux n'aient eu le temps de m'en proposer. De là où j'étais, je voyais bien son décolleté, et je suis sûr qu'elle s'est aperçue que je n'en perdais pas une miette. On s'est revus très vite après cette soirée, et on n'a pas mis longtemps à s'installer ensemble. J'aime pas quand ça traîne et puis, tant qu'à vivre avec quelqu'un, je ne vois pas pourquoi attendre, puisque de toute façon le meilleur c'est toujours le début, autant en profiter le plus possible. Le sexe, c'était tout de suite bien, c'est aussi pour ça qu'on s'est installés assez vite. On faisait tout le temps l'amour : le matin, le soir, l'après-midi aussi quand on rentrait tous les deux plus tôt du travail ; des dimanches entiers au lit. Nous sommes très différents, sur presque tout. Je suis grand, elle est toute petite ; j'aime le rock et le cinéma d'auteur, elle aime les grosses productions américaines et la chanson française. Elle aime les chiens et moi les chats. Elle préfère le train, et moi l'avion. Je suis directeur artistique dans une agence de communication, elle est chercheuse. Elle ne comprend pas qu'on me paye aussi bien pour écrire des âneries, je ne comprendrai jamais ce qu'est un algorithme. Mais on rit tout le temps tous les deux, quand on n'est pas en train de faire l'amour, et on riait même en faisant l'amour, avant.

Ça faisait un moment que je tripotais en vain mon sexe encore mou en essayant d'oublier le blanc du carrelage et l'odeur de Dakin, j'ai ouvert les yeux et j'ai vu le tas de magazines censés m'aider à faire ce que j'avais à faire. Je ne peux pas. Dans ce sperme *de mauvaise qualité*, comme disait le résultat d'analyse, il y a la partie de moi d'où naîtra mon enfant, je ne peux pas faire ça en regardant une autre femme que la mienne. Christel a toujours aimé mon sperme. Elle ne prend pas la pilule, n'a jamais voulu la prendre, elle dit que c'est pas anodin de bouffer des hormones comme ça, que ça ne peut pas être bon. Au début, on mettait des préservatifs, et parfois elle me laissait la prendre sans rien à condition que je fasse attention. Si on avait su, à l'époque… Je me souviens de la première fois où on a fait l'amour comme ça. Je me suis retiré, et j'ai joui sur elle. Je me suis excusé, et j'ai tout de suite essuyé son ventre avec les draps, je ne voulais pas la salir. Elle m'a souri. Elle m'a dit que ça ne la dérangeait pas, que c'était naturel, avant de coller contre moi son ventre où le liquide commençait à faire comme des grumeaux en séchant. Ça fait deux ans qu'on essaye de faire un bébé, et presque un an qu'on sait pourquoi ça ne marche pas. C'est ma faute. Depuis on continue à faire l'amour mais parfois ça ne vient pas, même quand elle fait tout pour ; j'ai envie de lui dire que mes couilles ne servent à rien, de les laisser tranquilles. Hier soir dans le lit, la lumière éteinte, on a parlé de mon rendez-vous d'aujourd'hui. Je lui ai dit que j'étais angoissé. Jusque-là, j'avais plaisanté, je lui avais dit que c'était moins douloureux qu'une prise de sang, enfin, le genre de connerie que j'avais sorti aux rares copains qui sont au courant. Je lui ai pas raconté les détails, mais je lui ai expliqué dans les grandes lignes que c'était pas marrant du tout. Ensuite, elle a rallumé la lumière et on a fait l'amour, pas vraiment très bien. Quand j'allais venir elle m'a demandé de jouir sur elle ; elle a dit qu'elle voulait en avoir partout, sur le ventre et plein les doigts. Elle a étalé le liquide chaud du plat de sa main droite, je ne l'ai pas essuyée et je me suis endormi dans ses bras. Elle m'a murmuré d'y penser au moment voulu, que ça pourrait m'aider.

J'essayais d'y penser, le plus possible, mais j'ai besoin de voir pour être excité, comme la plupart des hommes, et c'est bien pour ça qu'on nous met des magazines. J'ai entendu mon téléphone vibrer à nouveau. J'étais déconcentré, de toute façon, alors je suis allé voir. C'était un message de Christel. Avec une photo. Christel ne porte pas de sous-vêtements sexys, elle dit que c'est vulgaire, et que c'est pas son truc, qu'elle se sentirait ridicule. Mais c'était bien elle sur la photo avec une guêpière rouge et des bas, qui me regardait d'un air lascif, et qui me regardait moi, rien que moi, pas comme les filles des magazines. Et deux mots : « Baise-moi. » L'odeur de Dakin n'a pas disparu comme par magie, mais j'en avais plus rien à foutre, je bandais comme un âne, j'avais envie d'empoigner ses deux gros nichons et d'y plonger ma tête, de frotter mon sexe contre sa joue, de lui tirer les cheveux. J'ai posé mon téléphone sur la pile de magazines, la photo de Christel bien en face de moi, et j'ai commencé à me toucher, pour être sûr que c'était bien ma queue qui était dure comme ça. Puis j'ai attrapé la sorte d'éprouvette destinée à recueillir la semence. Ça n'a pas mis longtemps.

J'ai mis le couvercle sur le tube de verre, que j'ai posé à l'endroit prévu, j'ai reboutonné mon pantalon, lavé mes mains et pris mon téléphone pour lui répondre.

« J'arrive. »

Ce qui ne m'appartient plus

La pluie bat fort sur la vitre, le ciel est si noir qu'on dirait qu'il fait nuit. Le pauvre, il va arriver trempé au boulot. Les draps sont presque encore tièdes de sa chaleur à lui ou bien c'est peut-être moi qui les ai réchauffés. Mais son odeur y est encore. C'est idiot de frotter mon nez comme ça sur son oreiller, je sais bien, en tout cas ce n'est pas très original, on le fait toutes quand on est amoureuses. Je paresse encore un peu et puis j'irai me faire un thé, que je reviendrai prendre dans son lit. J'aime bien être chez lui, avec ses affaires partout autour de moi, ses livres, ses disques, ceux qu'il a choisis et ceux que je lui ai offerts. Il y a aussi ceux que d'autres filles lui ont offerts avant moi, mais je préfère ne pas y penser. J'en ai lu quelques-uns déjà, je n'ai jamais été déçue. Je les lis avec sa voix dans ma tête. Je vais mettre de la musique, j'ai appris à me servir de sa platine. Au début je n'osais pas, j'avais peur de mal faire et d'abîmer ses disques — il y tient tant — mais j'ai vu que ça l'agaçait de devoir toujours le faire à ma place, quand il était occupé et que je restais lire dans le salon en attendant qu'il ait fini son travail. Même quand je n'ai rien apporté, il y a toujours quelque chose à lire chez lui, plein de journaux. Il en achète plus qu'il n'a le temps d'en lire, je le soupçonne d'aimer plus encore les acheter et rentrer avec le matin que de les lire. Ça fait longtemps, plusieurs mois, que je ne l'ai pas vu revenir les bras chargés de viennoiseries et de journaux, s'approcher de moi encore ensommeillée et me demander quel thé je veux. Moi non plus, je ne l'ai pas fait depuis trop longtemps, ce n'est plus possible. Moi qui déteste me lever d'habitude je trouvais ça encore mieux qu'un petit déjeuner au lit. On s'installait dans le salon avec les journaux, il mettait un disque, parfois il fredonnait ou il tapait du pied en rythme. Ça m'a toujours impressionnée de voir comme il sort vite de son sommeil, parce que j'en suis incapable. En général ça m'énerve mais lui, je n'avais pas envie de lui dire d'arrêter, de faire moins de bruit. Ça me mettait même de bonne humeur. Il arrivait que l'un de nous deux s'interrompe pour partager un bon mot, quelque chose d'amusant ou d'intéressant. Au bout d'un moment, je me rapprochais de lui — oui, c'était toujours moi qui m'approchais —, je lui volais son journal en riant ou bien je l'embrassais sans même y faire attention. Il protestait parfois un peu avant de me laisser faire, mais il arrivait aussi que ça l'embête vraiment, alors j'arrêtais là. Quand il me laissait faire, on faisait l'amour sur le canapé du salon, en face des fenêtres, je ne me demandais même pas si on allait nous voir. Il me disait que j'étais belle, et c'est un peu vrai. Une fois, il m'avait repoussée alors que nous étions nus, collés l'un à l'autre, et j'avais eu envie de pleurer. Mais il m'avait souri, il avait dit qu'il avait envie de me regarder, qu'il aurait voulu que je reste toujours nue, que c'était un crime de porter des vêtements avec une cambrure pareille. J'avais rougi et ri comme une idiote, puis je m'étais à nouveau jetée sur lui pour me frotter à sa barbe en fermant les yeux. Il ne le pensait pas vraiment, il avait dit ça comme ça, j'en suis sûre, parce qu'il n'aurait pas vraiment voulu que je me promène toujours toute nue. Il avait juste dû avoir envie de le dire. Je ne devrais plus y penser, je crois que ça me rend un peu triste.

La pluie tombe encore, de plus en plus fort, j'ai envie de lui envoyer un message pour lui demander si ça va, s'il n'a pas pris l'orage entre le métro et le bureau, mais je ne peux pas faire ça, il m'en voudrait, il me trouverait bizarre, et il ne répondrait pas. Je n'ai rien pour déjeuner et comme je ne veux pas fouiller dans ses placards, je me fais un thé — j'ai un sachet dans mon sac.

Hier, quand j'ai pris ma douche chez lui, j'ai beaucoup pleuré. Ça fait plusieurs jours que ça m'arrive. J'allais tellement mal que j'ai vraiment pensé à me jeter par la fenêtre, comme ça, toute nue. Je me disais qu'on ne saurait pas qui j'étais, et qu'on mettrait un certain temps à m'identifier. Ou peut-être qu'on l'appellerait, lui, pour lui demander s'il me connaissait. Ça lui aurait fait drôle. Je ne l'ai pas fait et j'ignore encore pourquoi, parce que sur le moment ça me semblait vraiment être une très bonne idée.

Je vais aller chasser ces vilaines pensées en fumant une cigarette sur le balcon, même s'il pleut, je resterai bien collée contre la vitre pour ne pas trop me mouiller, mais je ferai attention à ne pas faire entrer la fumée chez lui, il n'aimerait pas ça.

Bientôt dix heures, j'entends les notes de piano que j'entends presque toujours à cette heure-ci. Je n'ai pas encore réussi à savoir d'où elles viennent précisément, mais je n'ai pas vraiment cherché. C'est assez joli et juste, même s'il y a de temps en temps des imperfections. Alors le pianiste reprend au début et s'inflige même parfois des séries de gammes après avoir rageusement tapé sur le clavier. Je dis le pianiste mais c'est peut-être une femme, je n'en sais rien. Je préfère imaginer que c'est un homme. Heureusement que l'odeur du tabac masque un peu celle qui monte de la rue, parce que ce parfum de pluie me rappelle ce jour où nous avons marché sous une averse et où il m'abritait avec son manteau, comme si c'était normal qu'il subisse le déluge du moment que moi j'étais au sec. C'est dommage que j'aie recommencé à fumer, j'avais arrêté quand nous étions ensemble, parce qu'il ne fume pas. J'ai recommencé quand nous avons rompu. D'ailleurs depuis, il y a d'autres choses dont je ne suis pas fière. Comme ce double de clefs que j'ai fait faire avant de lui rendre les siennes. Comme le fait de venir ici quand je sais qu'il vient de partir. Je sonne toujours avant, pour être sûre qu'il n'est pas là, et je viens reprendre un peu de cette intimité dont il m'a privée. Je viens boire dans sa tasse, dormir dans ses draps, lire ses livres. Il n'a pas dû s'en rendre compte, pourtant ça dure depuis des mois. Il ne m'en a pas parlé quand je l'ai appelé pour lui demander s'il m'avait reconnue sur cette affiche où on me voit de dos, enlevant un pull. C'était lui qui m'avait dit qu'avec un corps pareil j'aurais pu faire des photos de sous-vêtements. Il avait raison. Il disait aussi que j'étais assez jolie pour faire simplement des photos, mais ça c'est pas vrai, et j'ai même encore un petit bouton sur l'aile droite de mon nez. Nous n'avons pas parlé de grand-chose, finalement, ce jour-là, et de rien d'autre depuis. Sa voix familière me tordait le cœur. Sa voix un peu trop basse et légèrement nasillarde, mais qui m'a toujours plu. Cette voix qui est faite pour mes oreilles. On ne peut pas effacer ça. Le jour où je lui ai rendu ses clefs, j'ai détesté les deux baisers que nous nous sommes donnés sur les joues. Je ne sais pas à quel moment on décide que c'est terminé, qu'il n'y aura plus de vrai baiser, plus de bras sous la nuque en s'endormant. Je l'ai embrassé comme il convient entre deux anciens amants à présent séparés. Je l'ai embrassé comme un bon ami en posant ma main sur son bras, et mes hanches réclamaient justice à être si près des siennes sans pouvoir s'y coller tout à fait. Elles ne comprenaient pas qu'elles n'avaient plus le droit de le faire, et j'étais bien en peine de leur donner tort.

Il fait un peu froid sur le balcon, je vais rentrer me coucher et aller reprendre le livre qu'il lisait hier. J'ai cru voir au marque-page qui dépassait qu'il avait bien avancé depuis la dernière fois.

Achevé d'imprimer
sur Roto-Page
par l'Imprimerie Floch
à Mayenne, le 20 avril 2012.
Dépôt légal : avril 2012.
Numéro d'imprimeur : 81695.

ISBN 978-2-07-013784-8/Imprimé en France.

242954